新经典文化股份有限公司
www.readinglife.com
出　品

乡间的日常

黄鹭 白关 著

新 星 出 版 社 NEW STAR PRESS

目录

4   代序 住在乡下

7   我们村的大槐树

10   迈过第一个难关

15   猫冬

19   播下一年的种子

22   村庄，动起来

26   老房子、新房子

32   把春天请进屋子里

35   春天是什么气味的？

40   半亩田

44   虫虫大作战

50   下雨天，宜偷懒

54   和土地相亲相爱

59   草盛豆苗稀

64   充满智慧的狼爸菜园

70   烛光尝粽

76   人来疯

81   好好种菜，不做鸡汤

88   夏天的丰盛

98   专注和真爱

103   再见，我亲爱的草

107   盛夏的果实

114   纯天然生活

119   总归是秋天

122   狼烧脑子鹿烧饭

130   一直在路上的农民工艺术家

135   接受自己的一切

140   因为珍惜，所以幸福

144   告别十月

148   总有一些错过的

152   冬日看山

161   幸福的壁炉

164   停电的土拨鼠

170   内疚的锅炉

175   礼物

178   无所事事的味道

182   过年就是过个折腾劲儿

186   勤耕两亩三分地　勇闯十万八千里

190   刻一张窗花，春天就来了

194   和春天一起来的，是想做的很多很多事

198   村里的四季

代序 住在乡下

黄鹭

这本书出版的时候，我们住到乡下就整四年了。住在乡下，我的体会是，特别忙，又特别有节奏。忙地里的活儿，种植、照顾、收获；也忙工作，我和狼都有一份热爱的职业，虽然是自由状态，但更需要投入时间，不辜负选择的初衷；还忙朋友间的迎来送往，我们不是隐居，乐于与外界交流，愿意和朋友们互相滋养成长；我们还要旅行，要学习新技能，所以，好像每一天都很忙。但是，因为租了半亩地，忙乱中也有节奏。播种的日子、和虫子大战的日子、被草侵略的日子，都是菜园子的关键时间点，生活和工作的安排也会以此为重。即使在其他时间，出门也总是控制在一周以内，除了有菜地需要打理，更多的还是惦记。身心顺应土地，变得越发轻安，比如，到了冬天，土地封冻，人就想猫起来，不愿忙碌，和万物一起休养，静候春风到来时的复苏。

按理说，我们不差地里这口菜，村里超市的菜很丰富，镇上也能买到老乡自己种的菜。坚持自己种菜，除了完全不用药，吃得放心之外，主要还是觉得日子就应该这样过。是的，住到乡下，自己种菜，是我们发自本心的想法，没有比较过、犹豫过，从萌生住到乡下的想法时就是这样安排的。至于为什么想要住到乡下，就像我的一位朋友，他深深热爱香港铜锣湾，每天发愿自己下辈子还能住在热闹方便的铜锣湾一样，只是作为个体的自然选择。

住到乡下的第二年，我们开始在公众号"不完美星球"上记录分享日常的点滴，我絮叨着天生地养的状态，狼以四格漫画夸大细节，孜孜不倦地"黑"我（他不承认夸大，说漫画表达了他真实的感受）。后来，这些日常被穿插成书，以四季流转的方式呈现着我们的生活，宇宙中渺小的我们，在乡间过着家家。

十年前的我完全想不到，现在的自己可以一年种几十种菜，还喜欢光脚踩在田埂上。我也无法预知我们会在乡下住多久。土地不讲未来，今天就是今天的样子，我们也只管生活在这里。

我们村的大槐树

白关

二〇一四年的初春，我和路路决定搬到乡下。

找房子那会儿，见我们在村里到处询问，一位正在清扫马路的大姐走过来，说:"小李家有个空院子可能要租呢。"然后就钻进旁边一扇大门，帮我叫出了小李。一个憨厚的后生出来，笑眯眯地让我跟着他，穿过两条胡同儿，转了一个弯，一株大槐树出人意料地扑入眼帘。小李见我围着大树转了一圈，说:"这是我们村的大槐树。"

"有多少岁了?"我问。

"哎哟，这可说不上来，我们村老人都不知道它多少岁。"

小李家院子后来没租成，但是，大槐树和这个宁静乡村却让我们百般惦记，促使我们决定就在这村里继续找房。之后又来了几次，每次都是直奔大槐树，因为这棵大树在村子中央，天气好的时候，经常会聚集很多人，注定是资讯传播的中心，我们要租院子的消息很快就从这里散布开来，一连两天看了好几家，然后回来商议。路路也很喜欢那棵大树，这是周围那么多村子都没有的，我爸说，既然树都能长那么粗，说明这里水土好，种菜肯定行……当我第一眼看到这棵大树时，就有一种以后经常要见它的感觉。最终，我们在这个村住了下来。

由大路转向一条小路，然后过一座小桥，就是村口，有一面拱形铁架大门，顺路直走，再往前不远就是大槐树。有不认识门儿的朋友要来，除了村口，大槐树就是要约的明显地标。每次外出归来，从大槐树伞盖般树荫下经过，就会有被安抚的感受。

大槐树旁边是一家开了快三十年的小卖部，这是一个不甘落后的小卖部，褪色严重的招牌上写着"××购物中心"，进去是一长溜木柜台，土黄色漆面，有很多地方都磨出了木质，木质又磨黑。长芽的土豆、打蔫儿的黄瓜、枯朽的青菜堆放在柜台前的地上，闹哄哄地，摆出区别于小卖部的购物中心架势。虽然村口新开的一家超市东西更全更新鲜，但是我还是喜欢到"购物中心"买东西，因为这里有八十年代的气味，闻着就觉得不会被骗。

关于大槐树到底多少岁，至今还是个未解之谜。有一回，赶上树下老人很多，我们问起来，大爷们呵呵乐着，都摇头说不知道，其中一个看上去年纪最大的大爷（目测八十往上），指着大树被水泥修补过的地方和我们说："我小时候，就爱从这个树洞钻进去，再从里面爬上树，那时候，这棵树就这么粗。"

"一百多年了吧？"

"嗳，不止不止。"

"怎么也得三百多年，以前的老人说，没有这个村子时就有大槐树。"

大爷们争论不休，我忽然想起来，我在山西洪洞县见过的那棵树龄四百多年的大槐树，似乎也远没有我们这棵粗。今年春天，一个对历史比较有研究的朋友来做客，打量了一下大槐树，估算它至少有五百多岁了。也就是说，这也许是一棵明槐，一棵见过燕王扫北、见过清军入关、见过康乾盛世、见过太平天国、见过八国联军、见过日本侵略者、见过红卫兵的大树。它现在还站在这里，看这群小时候爬过它的白胡子老头儿们，猜自己有多少岁。

大槐树别看老，实际上还有不少工作，其中之一就是广播通知的重任，因为村里广播喇叭就安装在树顶上。"需要上保洁培训课的村民，上大队这儿来报名啊……""还没有缴有线电视费的，赶紧上大队这儿来啊，没有缴有线电视费的，上大队这儿来……"在村里住了一年，倒也没听过播放什么重大事件。

北京这半年雾霾似乎好了很多，有时候天会特别蓝，路过大槐树，空中飞过一架飞机，会站在树下，仰望很久。

迈过第一个难关

白关

与大槐树相遇之前，我和我爸开着车转了不少村子，虽然都是北京郊区，但每个村子很不一样，有的外来人口多，熙熙攘攘，什么口音都有；有的房屋参差不齐，放眼望去都是老人，一说话标准京腔；有的村子去多了，村民看我们的眼神都很警惕。看过的院子也是不计其数，有的大有的小，有的新有的旧，但是不管院子本身条件如何，最终能让你安心租住下来的，应该还是人。相信每一个租过房子的人，都有一大把和房东的故事。而我们乡下生活的第一个难关，也是从一位刷新我们各项人生指标的房东开始的。

我们租的第一个院子，是朋友介绍的。那时候，我们城里的房子马上就要到期，又很想赶上春耕，心急之下，稀里糊涂地签了合同，还一次性给了五年十多万房租。搬家之前要装修归置，就去住了几天，结果一住，马上就发现一个无法解决的大问题。我们租的，是一座被狗包围的院子，前后左右邻居几乎都养狗，不是大家想象的那种，农村人养个看门狗，而是专业养殖、贩卖狗。有的甚至就是藏獒园。每天天不亮，各种狗便开始叫，低音高音娘娘腔此起彼伏，本来我就睡眠比较差，几天下来就受不了了，果断决定退房。这时候才搞明白，我们租的院子虽然盖得很正式，像一栋真正的北方农村民居，但是所在区域其实是一块养殖地，并不是村里的宅基地。看房的时候也注意到了周围卖狗的广告牌。房东当时信誓旦旦说他们都已经不养了，我们也没去深究（根本没料到事情的严重性）。房东刻意隐瞒事实，让我们很不爽。租下来没几天，我们就和她提出退租。这时真正的麻烦才来临。

　　房东是一位五十多岁的大妈。刚认识时除了觉得她有点儿啰唆，其他没什么不妥。我们本以为合同刚签没几天，房子原封未动，协商一下，这事就愉快地解决了。当然，毕竟我们毁约在先，自觉理亏，也准备赔偿一些。没想到退房的事一提出，房东脸色骤变，头摇得不像一位大妈。"不行，那哪儿行，我们是有合同的。"听说我们会给赔偿，她考虑了一晚上。第二天告诉我们，只退五万，其余算赔偿，贪婪得吓人。这个房东大妈有一个特点，就是不管你和她说什么，她始终不停地说她那一套，房子是你们要租的，合同也签了……无限循环播放。我们

一咬牙把赔偿金额提高到五万，她也没同意，一次说急了，我说那我们只好去告你了，"告啊！告啊！你们去告，看看谁怕谁……"这句话后来又在不同场合搞了几次无限循环播放。我们就去告她了。

上法庭，挺有意思。电视里出现的画面，这次亲身体验了。人都到齐后，书记员先宣布纪律，登记到庭情况，介绍案情，开庭后，整个气氛马上肃穆起来。原告律师宣读过诉讼请求，到了双方答辩阶段，房东大妈一个没收住，又开始播放她那些逻辑混乱、理直气壮的套词，音量还挺高。法官手一伸，说："你打住，问你啥说啥，不许多说。"一直到庭审结束，大妈再也没获得说话的机会，别提多解气。

法庭上，我们申诉自己被欺骗了，提出狗吵无法居住之类的理由（为此我还假装买狗去邻居家录了证据），这些实际上在法律面前没啥分量。而我们请的律师，才是一击命中的高手。直接告她合同无效，因为养殖用地用于居住和租售都是违法的。庭审下来，我都替大妈出一身冷汗。大妈赶紧要求和我们庭外和解，法官顺势也就结案了。后来法院还退给了我们一些诉讼费。

和解的结果是，我们赔大妈一万块钱，这笔学费让我们迅速又深刻地掌握了很多乡下的实际状况，后来陪朋友去看房，先听听有没有异常的狗叫声。

我们现在院子的房东，是在大槐树村找房时遇到的，那天，见一位方脸大哥在自家门外浇竹子。我们上前问，有没有人租房。"嘿！巧了，我家正好有房出租。"赶紧让我们进屋聊，很普通的一户人家，客厅里沙发茶几电视机，一位老大爷坐在木椅上看电视，有人进来也没听见，大哥说："这是我爸，九十多了，耳朵背。你们坐你们坐……"那时候我就觉得，应该就是这儿吧！

猫冬

黄鹭

乡下生活的节奏跟随季节变化，春天迅速忙碌起来之前，是"猫冬"，这个词太形象了，特别是在乡下。

冬天的村子，完完全全是安静的，老人不出来晒太阳聊大天儿，胡同儿里整天看不到人，只有家狗或是野狗们到处流窜，在墙角边像小青年聚会一样，一见到人来就四处散去，总觉得留下了一地烟头。树没有了叶子，安静了，于是山也安静，天空也安静，夜晚就更静。晚上七点以后，狼画画，我写大字，有时两个人九点停笔，一起看个电影，太静了。

乡下生活成本不高，在同一个村子，我们租了两个院子。两个院子一年的租金相当于过去在北京城里半年的，不需要像很多人想的那样要奋斗多少年再回归田野。我们也没有做大规模的房屋改造，基本上有什么用什么。

西院新房九间，家人来住，我们也住，特别是冬天，就猫

在西院。不过黄泥小屋半亩田的东院才是我和狼的最爱，这半亩田去年被狼爸种得很丰盛，今年我俩打算自己动手，在实践中学习。

冬天室内温度低，我们最近约了人给房子做保温，还打算在西院再加一个壁炉。为了防止水管子冻坏，房东十点才给我们来水，下午五点又停水，我们都觉得没问题，挺好。每天下午五点前洗漱完毕，只留水刷牙。晚饭和第二天早饭后都不洗碗，留到十点来水时开始洗碗做饭。冬天的太阳是斜的，在朝南的大厨房里吃一顿暖洋洋的午饭，真是幸福感爆表。

整个冬天，我因为左手骨折没有安排拍摄工作，只两周进城一次上书法课，狼每天十小时画画，隔两天去拉回来一些煤，每天给锅炉添至少六次煤，狼喜欢说"烧得 chuáchuá 的"来表示旺旺的，也不知道这词怎么来的。

我负责大部分的一日三餐，除了"淘宝"一些好食材，吃的主要是镇子上买的大白菜和大萝卜，还有村里每天推车来卖的豆腐，卖到我家门口一般是下午四点钟，天都快黑了。每次都觉得寒风中走街串巷要把豆腐卖完好辛苦，就尽量多买，吃不了冻起来。偶尔也送一些给朋友们。

在乡下，原本不那么擅长做饭的我，竟然做出了超级好吃的笋干儿红烧肉，秘诀是炒糖色时放新鲜的石榴，石榴的酸甜涩相当适合红烧肉。我还非常成功地腌了洋姜咸菜，其实就是赶集时五元买了一大袋子洋姜，洗干净晾干了用酱油泡，没想到朋友们都超级喜欢。

在乡下，要投入的钱可以不多，但时间必须很多很多。

播下一年的种子

黄鹭

入冬以来，狼规定不把存货吃完不可以再买。即使这样，东西还是太多，连冰箱都坏了。

清理了一下，扔掉已经不能再吃的冻柿子冻杏冻樱桃，冻玉米赶紧拿出来煮了吃……老天，真的是有太多存货。

想起前几天看汤姆·布朗二世写的《灵境追踪师》，书中讲到他已身处丛林多日，必须猎杀一只动物让自己生存下去，而他又那么爱那些动物……就这种情况，他说了很多，大意是，自然界的原则是可以为了生存去猎杀，而且只猎杀生存所需的部分，不过度，不为生存之外做多余考虑。另外，被猎杀的多半是老弱病残，对被猎杀的物种起到了优胜劣汰的作用。当然，汤姆猎杀后带着感激之情，没有浪费为他牺牲的动物的一肉一毛皮。

的确，人类能够存贮食物，是本领的增长，历史的车轮只能往前走，我没有要倒退回去的想法，只是这次的冰箱罢工事件还是提醒了我，生存的"存"和存货的"存"，有不同的意义。如果只想着生存，就不会有那么多存货，而且存货往往有很大比例会被浪费掉。

说到生存，最近开始为春播做准备，为今年一整年要吃的蔬菜做准备。

十天前狼爸就说："要把茄子青椒的苗育起来了，这两种菜得九十天才可以吃到，所以，现在就要育苗！"得令，育起来！

育苗的方法是，把土用热水浇透，撒上种子，再盖一层浮土，然后罩起来，放到温度高的地方，最好避光。

茄子和青椒出苗比较慢，三四天了还没动静，我就有点儿着急，不过后来安慰自己：没事儿，育不出来就去镇上买。狼说这就是育不出苗买苗，种不出菜买菜的节奏啊！我说对啊，不然呢？

又过了两天，开始出！苗！了！

再过两天，哇，满盆的苗了！出了苗，就要晒太阳，狼说："小时候多晒点儿太阳，长大了性格开朗！"

所有东西小小的时候都好可爱，但是好难辨认，所以现在的三盆苗，我根本分不清哪些是青椒苗哪些是茄子苗，更别提区分四种茄子苗了。育苗时我也想过怎样分辨的问题，大大咧咧的性格让我决定，育了再说。好吧，只希望它们快快长出自己的性格特征来！接下来的西红柿苗也准备多育几种，要做些标记才好！

村庄，动起来

院子随季节动起来，村子的节奏也似乎更快了，拆房盖房的在村子各处开工。西院旁边的一家，三月初拆掉老房，这会儿新房已经盖得差不多了。村里最豪华的宅院去年完成主体，今年开始种树种竹种各种植物，今天已经准备给大门的门楣画画了。变化最大的是东院门口，对面墙下的花坛都拆没了，开辟出一片空地，说是国家项目，要装电动汽车充电桩。

动起来的还有老人，又开始晒太阳聊大天儿，每次从西院去东院，总会先路过老太太"晒聊组"，问候一句：

"晒太阳呢啊？天儿好了。"

"嗯，可不！"或者"去那边啊？"

"嗯，干点儿活儿。"

再路过一位似盲非盲的老太太，她总是一个人坐在家门口，我觉得每次经过时都有她目光跟着。然后可能又会遇到张大爷，我们是在找东院时认识他的，有些相熟，算是喝过酒的。张大爷在帮那个最豪华的宅院监工，他和那家老爷子是发小，老爷子去世了，儿子盖房子就请他来监工。因为认识张大爷，这家拆掉的老木格子窗都被我们要来了；也因为认识张大爷，我有机会跑到这家院子里看了一看，难得村里盖新房还盖木头梁斜顶结构的中国传统房，还有回廊，唯一有点儿遗憾的是，正房之外还盖了东西厢房，于是院子就很小了，采光也不那么好。院里种了四棵大树，真是没什么地方种菜了，住乡下还不是为了自己种种菜吗？

去年经常见、今年见不到了的是南院的房东李叔。李叔个子挺高的，没事儿就遛家里两条大狗，一条大金毛和一条黑白牧羊犬，或者开着"蹦蹦儿"村子里转。李叔特别爱说话，去年租的他家地，狼爸在地里干活儿时他老去聊天，狼爸回来说："咬喃（内蒙方言）个没完，都干不了活儿。"夏天时，突然发现李叔不太说话了，还是喜欢出来转，但动作迟缓，眼神直，流口水，据说是中风了。狼爸回来说："唉，还不如咬喃呢。"冬天时，他还是喜欢出来遛，棉袄也扣不紧，看着叫人难受。过年时去他家拜年，想顺便说一下南院今年不租了，没想到，李叔已经去世了。李叔的老婆，个子小小的，长得也不那么好看，我很不好意思至今不知道她姓什么，就知道她好勤快。李

叔整天在外面逛，她自己种不小的一片地，喂鸡喂鹅，操持家里，接送孙子，总之她总是在忙活，而且，她爱笑、心善，替别人着想。我总想送些什么给她，聊表慰问或者感谢，可又想不出可以送些什么，她帮我们把南院的残局都收拾了，没准儿过几天又会送她烙的菜饼给我们。

老房子、新房子

住在大槐树村，一晃一年就过去了，村子里谁是村长，也还不知道。不过眼见这家拆了旧房盖二楼，那家扒了老屋建新居，一天一个样，经历和参与这种"生长"，某种联系就越来越深。一面觉得变化不可阻挡，一面又担心好景不长。人总是希望唤起美好感觉的事物能永远保持。

大槐树村的历史有多久，没人能确定地说出来，都说是先有了大槐树，后有的村子，想来历史也不会有多长，村里大多数都是很普通的青砖瓦房，最久的也不过百年，这些瓦房遵循着统一的规则，又都不太一样，各自安然散漫地保持着距离，有的人家会在院外用简易栅栏围一个园圃，种菜堆柴，或者摆放盖房子剩下的砖瓦。走在胡同儿里街道上，没什么特别美的景致，只有处处散发的生活气息。当头顶乌云翻滚或者霞光晚照，瞬间也会觉得，这就是梦寐以求的场景了。这样一个普通的村庄，我们却很看重，因为它不做作、不着急，原本就如此，没有为了谁而特别怎么样。这样的村庄特别多，多得没人会去注意。

住久了，有了一些观察，就想说道说道，比如说村里的房子。

可能也是因为翻盖房子的太多了，看见那么多老房子被拆掉重建，多少有点儿可惜。特别是觉得，其实还是老房子更好一些啊，无论是质量还是舒适度。这是我们这一年来深有体会的事。

村里有很多六七十年房龄的老房子，比如我们租下来的东院，是非常典型的北方硬山顶瓦房。由于靠近燕山，石材有的是，所以大多数正房的主墙体都是石头砌成，里面抹泥，梁柱都是整棵榆木。村子里榆树是很多的，由于榆木成材不直，出现在房顶上随形就势，呈现出特别的美感。这也是一种时代特征，过去的人没有那么多条件和办法，只能就地取材合理利用，传达出的信息就是身土不二。这样的房子外表看上去不出彩，但是都很结实耐用，村里的老人还会告诉你，这房子，冬暖夏凉，他们自己住着这样的石头泥房，存下钱，给儿子盖新砖瓦房。

新房子大致有两种，一种是遵循传统，还是那一套规则，只不过材料新规模大。一般都是红砖灰瓦，又粗又直的松木做

梁柱。最近看到的，都是直接用水泥浇筑出立柱，然后用松木搭梁。这样的房子可以盖得更高、更大，拥有一个二十来平米的客厅不在话下。装修的时候瓷砖地面，白灰抹墙，和公寓楼没啥区别。还有一种就干脆是豆腐块平房，讲究一点儿起个二楼，弄成彩钢顶，全部红砖水泥砌成，有的会在外墙立面全部贴上瓷砖，简单实用，搭建又方便快捷。不过大槐树村村民都比较传统，盖瓷砖小楼的不多。水泥平房也用来当作厢房，我们租的西院就是这种。好处是房顶随时上，不怕踩。我们东院种菜，还可以拿到西院房顶上晾晒菜干儿，水泥平顶加上太阳烘烤，是非常好用的晒场。

老房子越来越少，全村三百多户人家，老房子的比例看上去不足十分之一，每年都有七八家在翻盖，剩下都是些实在盖不动的孤寡老人。他们推着三轮车，往院子里一点儿一点儿捡拾冬天要烧的柴，窗户还都是古老的糊纸窗，破了就用塑料布补住，院子里没有像新院子那样用水泥抹平，还是种着一院菜，一条土路歪歪扭扭通向家门口。他们（大多数都只剩老太太）如果有选择，可能还是愿意住在自己熟悉的、不曾改变的老房子里。

说起来，那些按照传统样式盖出的新房，也都很好看，有些人家还特别做了仿古照壁、砖雕、游廊、飞檐，弄得很全。

家家按照自己的审美和需求在建设。村子还是个普通的村子，只不过它也在缓慢升级。我们租房的时候，村里人不愿意和我们签长期的合同，因为他们觉得村子地处京郊要地，开发是早晚的事。事实上，周围已经有不少村子被开发了，有的建成了楼盘，有的是别墅区，有的比如怀柔某地直接成了国际会馆区，身价倍增。这些被开发的地方，都没有了一点儿当年村庄的痕迹。为此我们也时刻都在担心，特别是越来越喜欢大槐树村，不敢想象它变成另外的样子，路路说最好的办法就是更关注当下，好好体验这种天赐的福分。

把春天请进屋子里

黄鹭

傍晚，从东院回西院的路上，终于下雨了。好小好小，希望大一些，再大一些，土地渴望着一场春雨啊！

院子里，首先能吃的是过冬的菠菜，然后是韭菜，耐过一个寒冬长出来，带给我们喜悦，让贪恋冬天慵懒的我精神大振，禁不住要喝酒庆祝。

除了菠菜韭菜，每天都会发现哪里在发芽。香椿就不用说了，我们院子里有棵紫香椿树，据说是很好的品种，有朋友来说，城里香椿要五十元一斤！院内两棵院外一棵的李子树，花都开得很好，想来今年李子也会结得更多些吧。还有一棵杏树，花也开了，虽然没有李子树的花期长。我们的地是沙土地，树都长不太大，也好，树多或者大，就不好种地了，狼爸很在意这一点，当初租院子时特别关注过。

枣树和黑枣树还一点儿动静都没有，榆树却连地上的落枝

33

都开始生根了，各种野草野菜也迅速冒了出来。

月季基本都活着到了这个春天，茁壮起来，让我不禁臭美：我这个菜园子，也是有花的！绣球去年没有开花，春天倒是早早冒出芽来，不知是否能开出我中意的白色绣球。蓍草如愿发芽，迷迭香和薄荷还没有动静。

对了，春天里很重要也很美的一件事就是给树剪枝，然后插起来，把春天请进屋子里。很多朋友见我们剪枝就说这样不好，其实，正常地修剪树木对树的生长有好处，所以，春天里可以心安理得地修枝插起来。如果大家留心，春天的路边就有园林工人修剪，这时，不要客气，要回家插起来吧！有一款狼很喜欢的游戏，叫"修剪艺术"，灵感应该就来源于此。

这个春天，不再是惊喜，而是欣喜！

春天是什么气味的？

白关

如果问"春天是什么气味的？"不知道会有多少答案。

上小学时，学校操场是裸露的土地。春天开学，大家可以到户外活动了，窝了一个冬天，玩儿起来个个生龙活虎。不过大多数游戏现在看来简直单调得像有精神病。比如有一项：大西北的土地冬天会冻成一坨铁块，春天里的第一件事就是化冻。大地松了一口气，顿时酥软下来，但风吹日晒的表层还像一层硬壳，而最底下也没完全化开，只是中间软了。所以，有那么几天，操场就是一块巨大的软垫子。脚呈外八字，围着一个中心一圈圈地踩，中间就会被挤压凸起，继续踩，凸起越来越高，表层的硬壳逐渐支撑不住，之后，伴随着伙伴们兴奋的喊叫，凸起处突然爆裂，一股泥浆就会喷涌而出。听上去是不是有点儿熟悉？对，就和挤粉刺差不多，一个巨大的粉刺。就这么个原地转圈的游戏，大家却玩儿得不亦乐乎。踩完一个，换平整地方接着踩。几天下来，半个操场像内分泌失调，到处都是坑还有坑里干掉的泥浆，场面惨烈。

万物复苏。泥浆可能就是土地长出的一口苏醒之气，潮湿轻柔，有点儿土腥味。一旦在哪儿闻到相似的气味，立刻就能激活原地画圈的那些画面。新鲜泥浆的气味，是我长久以来对春天最强烈的记忆。

住到北京乡下后，有一种味道，以其强烈的个性，逐渐成为春天到来的新信号，那就是——猪粪味，还是来自腐熟的猪粪，和新鲜猪粪略有不同。如果你到我们院子里站定，被这种臭气包围，毫无疑问，那就是春天来啦！就这几天，院子里刚运来一大堆，够我体验好一阵了。对种田的人来说，这种气味难闻却踏实，好像只有这样才对劲。一堆粪放在那里，菜苗们看到的，肯定是一堆奶油蛋糕红烧肉……是不是？反正我一边翻粪，一边替菜们高兴。它们吃猪粪，我们吃它们，好像这堆猪粪最后都被我们吃了……神奇的大自然。

村里养猪的就两三家，种菜的倒不多，不过村后有几个大果园，据说年年需要很多猪粪，去晚了就没份儿。我说今年得早点儿对村南养猪大户家的猪粪下手。这不，一过完十五，就和我爸去问，结果还是晚了，春肥一下没了着落。结果那两天到处打听谁那儿有屎，鸡羊牛猪草泥马的都行，最后还是房东

天生地养粗心过

风调雨顺自然活

王大哥出手，给我们联系到一家，到底是坐地户，掌握大量一手资料。

村里的一些菜地，都已经陆陆续续堆上了肥，大多数是猪粪和牛粪。（我爸说鸡粪最好，其次是羊粪。可惜养鸡和养羊的太少，这两样肥很难弄到。）天气暖和，这些粪就开始散发各种味道。我们有时候开车路过周边村子，可以明显闻出每个村子的不同臭味。春天一开始激发的往往就是这些臭味。之后才是草、东风、春雨、花朵……的种种气味。

过完年，气温似乎没什么显著变化，前天还下了一场大雪，看上去还是冬天的样子，扯了半天猪粪是想说，好像率先感觉到春天萌动的，是鼻子呢！难怪它最靠前。

春耕第一步

半亩田

黄鹭

出差十二天回来，春耕接近尾声，大部分种子已经播完，苗也移好了，一畦一畦地，静候生长。

菠菜过时令了，水萝卜和香椿也都吃到了最后一茬儿，换成菜薹最好吃，烫一下蘸酱，鲜美，炒腊肉更是香翻人！狼还学电影《小森林》里市子的做法去了筋。

本周给西红柿、黄瓜、苦瓜、豆角都搭了架子。黄瓜苦瓜大部分可以自己找到架子爬，个别的笨点儿，细长的蔓绕来绕去就是找不到架子，这时我们就要帮它一把。西红柿不爬藤，要用绳子把它和架子固定一下，但不要太紧，留出生长的空间。

西红柿要开始打杈了，把主要枝干端头生出的嫩芽掐掉，好给果实充分提供营养。过不久还要打顶。我很喜欢打杈的活儿，每次掐完手上都有青西红柿的味道。我种了好几种西红柿，大的小的，红的黄的绿的，以前在台湾吃过绿西红柿蘸酱油膏或盐，意想不到地好吃。

今天早上五点在东院干活儿：狼给冬天冻坏了的太阳能热水器换管子，我到处锄草，昨天罢园了蒜苗，把地再加些肥翻一下，平出来，准备再多种些豆角晒干儿。

以前我经常问好朋友细毛在乡下住每天都干什么，现在可算知道了。只是半亩田，把地浇一遍就要一天，一边浇地一边锄草、捉虫，然后转移水管浇另一块地。狼说，想让时间过得快，谈个恋爱；想让时间过得飞快，种半亩菜。哈哈，是呀，对我来说，即使什么活儿都不干，在地里也能待上半天，发现花又开了，去年掉地上的玉米自己发芽了，芝麻菜和茴香这种味道很大的菜竟然都被蚜虫绞死了，迷迭香怎么长得那么慢呢，啊，大风吹断了一棵豆角苗……

虫 虫 大 作 战

黄鹭

春耕后消停的好日子也就一周，很快，随着温度升高又迟迟无雨，菜园子开始虫害不断，露营回来立马投入到抢救菜地的战斗中。

菜园子里现在有很多种昆虫，包括许多害虫。最近几日我每天至少三小时在地里给菜菜们洗澡，也就是洗掉它们身上的虫子和虫子卵。有天早上给秋葵洗完回家吃早饭，听到狼爸说叶子后面全是虫，饭后赶紧灰溜溜地回去重洗，果然，每片叶子后面都是密密麻麻的，光看表面是不行的……

蚜虫最狠的是钻到最嫩的芯儿里，很快一棵已经长了两个月、快结果的小黄瓜苗就会被它们绞死，"绞"这个字用在被虫子吃过的菜叶菜芯上，真是包含了蚜虫的狠和农人的恨。其实，三周前，蚜虫就引起了我们的注意，并让我对蚂蚁这个物种有了新的、带着恨意的认知。原本只是烦厨台上一有甜的它们就聚集起来，喝过蜂蜜的水杯里也全是，但也只是烦一下，而知道爱吃蜜露（蚜虫排出的含糖液体）的蚂蚁就是万恶蚜虫的帮凶时，我不禁怒火中烧，以至最近的口头禅是：我最恨蚂蚁！

蚜虫至少还可以洗掉，潜叶蝇幼虫才最让人抓狂，它们钻进叶子里面，像掏洞一样吃掉叶子，洗都洗不掉。我们眼看着它们在叶片上留下一条条白线，然后是全白，最后就是整棵苗死掉。我在务农日记里写：豌豆和荷兰豆全军覆没。

有一天傍晚，我在菜地里进行灭虫运动，每翻开一片叶子，都有虫卵，或者白色的蚜虫，或者蚂蚁，或者黑色小蝇一样的虫子。我心里恨，嘴上嘟嘟囔囔骂上几句，然后默默灭虫，做着做着，好像没有那么气了。拔油麦菜，一半叶子被潜叶蝇幼虫吃掉了，我把残叶择掉，择了一会儿后，发现还剩一小把可以吃，忽然觉得就算有虫害也不会饿死，于是就被治愈了。愉快地念起六字真言。我打算再看一遍《这一生，至少当一次傻瓜》，再去获得一些力量，我们的困难比作者石川差远了，只是种来自己吃，他是真的以此为生啊。

饭桌上的话题也每天每顿都离不开虫害，包括讨论是否该打一些药。我，作为一个之前没有种过地、五谷不分的人，也谈不上要极端地坚决不打农药，只是会想："难道非打农药不可

吗？"怀着这种简单的不信邪的心情，加上有些矫情的文艺青年情结，坚持着不用药。

狼爸说，农药杀灭的首先都是益虫，但如果完全不用药，大部分农民真的没有办法生活，我们也吃不上啥了。狼爸是客观的，他说专家一直都说农药化肥没有问题，但其实眼看着土地确实在变差；而环保人士完全反对用药，农民又根本接受不了。狼爸说，都要听但都不要全信，应该多找找更合理的出路。

关于化肥，我才知道现在的菜味道不好就是因为用了它。农药伤害土地，化肥使味道流失。农作物生长需要的氮磷钾，以前是靠农家肥获得，现在的化肥虽然肥力强，但一般不含有机质，所以很多菜看着大，可是没有味道。但农家肥麻烦，很难有量，朋友细毛讲她小时候在重庆山区，两个村子经常因为抢粪打起来——庄稼一枝花，全靠粪当家啊。现在最好用的粪肥已经很难搞到了，我们今年用的是牛粪、猪粪，这些粪都不能马上用，会烧掉菜苗（牛粪稍好一些），得堆肥一个月，其间至少翻两次才行！

果然，我对要面对的情况完全不了解。我特别佩服狼爸，他做了大半辈子的农技推广工作，以前种菜，生什么虫该打什么药，他不仅要自己总结，更要传播，告诉别人怎么治理，就是他的本职工作，很多人去请教都要尊敬地叫上一声"刘公"。

这一次彻底搞有机种植，不能按照几十年的惯例去解决问题，真的是个挑战！这两天我也常常陷入思考，有点儿理不清头绪，看蒲松龄的《农桑经校注》，三百年前是用砒霜解决虫害的，加上我今年亲身经历的虫害，完全想象不到农民如果不用农药，要以何为生，我们又要买什么来吃。因此，就目前来说，我心里可以接受这样的合理治理：用好降解、无残留的农药，用药至少七天后采摘。

尽管可以接受，我们到目前还是坚持无农药种植。不用农药就要投入更多的时间：首先就是要不间断地观察，捉虫，洗虫，此外我们也在学习。专门去了"三生万物农场"学习酵素种植，还一直在微博上关注"小柳树农场"，最近看到介绍说用木醋液和小苏打配上草木灰可以治蚜虫，我们正准备试一试。另外，狼同学发现园子里的蚜狮和黑缘红瓢虫是蚜虫的天敌，这让我们燃起了希望，也想多去了解这些虫子，了解地里的生态。这可是个大课题，狼准备当业余爱好去研究。

说来也奇怪，这一周虫害明显轻了，不用每天三小时给菜洗澡，隔天叶子后面的虫子也没有增多。这真是让人松了一口气，难道是我们不用农药的决心起了意识层面的作用？狼爸平淡地回应我说，虫害一年四季都有，只是这一波过去了。

作为新晋农妇，最大的体会是，务农还是要慢慢学慢慢实践，不要轻易认定什么也不要轻易放弃，同时，既理解了农人对农药的依赖，也感谢那些坚持少用农药提供尽可能健康的食物的人。从经济上，我真心愿意多支付一些给他们。那份辛苦，值得尊敬和回报。

下雨天，宜偷懒

今天下雨，雨天和露水大的时候最好不要干农活儿，因为作物们被碰出伤口来很容易感染，病菌容易传播。和人一样，下雨天就应该抱大被，睡大觉！所以今天狼爸可以休息，睡大觉，斗地主。

狼妈早上用淘宝买来的石磨给我们磨了豆浆（黄豆加鹰嘴豆），美味啊！我一直记得小时候奶奶炒过豆腐渣吃，用葱炒，极香。和村子里卖豆腐的大哥讨了两次豆腐渣来炒，总是不对，炒出来是很散的，不成形，是豆子不一样了？磨的方法不一样了？狼妈爆出惊天秘密，以前磨豆做豆腐会把黄豆的皮先去掉！很有可能，去了皮，豆渣才更黏，不会散。过去的人，真讲究呀！

东院在搬进来一年之后终于完备了。请人搭了个炕，炕搭好后要烧很多天，彻底干了才可以睡，我超级喜欢睡炕，就像一直喜欢睡硬床一样，据说是因为胖，不怕硌。意料之外却又好像早就安排好了似的，小白年初要换更大的桌子，于是把她用过多年的桌子椅子送给我，这套桌椅和东院太搭了，瞬间融合，还提升了气场，让我写字都端正了很多。

午后是我的专属时光，写字看书发呆，一个人在东院，狼在西院画画，傍晚会过来看看有什么活儿要和我一起干，前天我就迫不及待地把育了十天的香草苗移到地里，唉，苗其实还好小好小，我就是太急性子。移的时候开始觉得不妥，问狼爸，狼爸只说，哎呀……先注意别晒到了。于是第二天一早给小苗都搭了小房子。一边搭一边给它们加油！

今天下雨，把小房子暂时拆了，苗真的还好小，希望雨水可以帮助它们坚持下去。

作为新晋农妇，有很多不懂的事，比如欧月，它们的头总是太大，耷拉下来，我给它插在水里也不见开。明明看人家插得都好美啊！

今天下雨，也是迷人的。

和土地相亲相爱

黄鹭

狼爸是从天津下乡到内蒙的知青，一直做农技推广，他热爱土地，喜欢种地，去年把东院种得满满当当热热闹闹。今年，十几家朋友一起出资另租了两亩地，大家周末能来遛娃取菜，狼爸也能老有所为，就这样，有了"狼爸菜园"。

上周六是二月二，又是春分，菜园第一次活动，有一半家庭来参加，虽然还没有菜可以带走，可是孩子们玩儿得很开心，也让作为发起人召集人的我一顿忙乱。来之前，有妈妈说自己的女儿特别爱干净，在小区里都不愿意下地走，而且认生，结果来了以后，小女孩儿一点儿没含糊就下地了，还抓牛粪，看到鸡呀鹅呀，都喜欢得不得了，当然更喜欢哥哥姐姐小弟弟。还有几个孩子，开始听我说在牛粪里挑虫子，都表示太臭，不喜欢……可后来一个个地都爬到粪山上去了。

后来狼爸放水浇地，孩子们就更疯了，再后来狼给他们布置了新任务：挖玉米头根，每个人都完成得很认真。

刚过去的周末两天，狼爸菜园又有孩子来了。之前我们租了一台拖拉机，把扬过粪的地再耕一遍、耙一遍。耙完的地，很松软、整齐，小朋友玩儿得超开心，光是在松软的土上跑啊踩啊就美坏了！

为了提高成活率，像黄瓜、西红柿、秋葵、豆角这样大棵一点儿的作物，我们会事先在小钵里育苗，这周的任务就是往小钵里装土。

周六，小堂和妈妈第一次来到菜园。小堂七岁了，三岁以下的小朋友对牛粪味道不太敏感，但小堂一开车门闻到空气中的牛粪味道，就大叫"不要""不喜欢""我不下车"。我们都没有强迫他，随他去，他还是好奇，就戴着口罩出来。然后很快就开始和我们一起装土，再然后就摘下了口罩，当时的理由是太热。但是后来呢，他已经完全融入环境了。他发现装土最好用的是狼爸用水瓶剪成的工具，接着，他发明了猜谜游戏，奖品是不同的工具，赢了可以用三下，后来他开始用土做能量球，再后来建起了土星球。

小堂和妈妈一直干活儿干到十二点多，妈妈说要去小朋友家了，他还不肯走，说小朋友家没有土地。走到门口时又跑回去一趟，喊着："我要回土地去。"听说回家吃饭的时候还说要

吃路路阿姨家的菜！

和小堂一天来的是动动。动动快两岁了，正是不管脏不脏有没有味道、哪里都想踩想看的年纪，不过，能否在这样的环境里好好玩儿，还是要看家长是否从心底接受与土地接触。

孩子与土地的那份天然亲近真让我惊奇和感动。《孩子与恶》里说，人类的恶，源自与自然的分离，那么，就从小尽可能回归些自然，让内心生长更多平等、尊重，以及自身的力量和踏实心。

我也不知道让城里的娃多接触土地究竟有多么好，或者会不会有不好，比如脏啊、落后啊等等，但从个人经历来看，从小生长在城市里的我，自从和土地亲近，那种饿不死就好、不贪餍的心境，是真的越发清晰了。人类离不开土地，让我们和土地相亲相爱吧。

草盛豆苗稀

黄鹭

过了芒种,菜园子渐入佳境。菜园的佳境,是产出开始丰盛,也是杂草肆无忌惮地疯长。曾经我想过不除草,因为看到有自然农法就是如此,但后来我发现,有的草比苗长得还高,明显抢走了苗的营养;还有一些应该爬藤的,比如黄瓜苦瓜,没有爬藤而是缠在旁边的杂草上贴着地面长,这样是长不好不结果的;更让人抓狂的是有时根本分不清哪个是草,哪个是苗。所以,我还是会做一些锄草工作,但是很不专业,所谓专业就是要深锄,把草根除掉,也能起到松土的作用。

想起陶渊明的《归园田居》里说:"种豆南山下,草盛豆苗稀。"草盛豆苗稀,简直就是我那片黄豆地现在的写照,我们锄草既不及时,又不专业,甚至常常犯错。今天早上狼锄草时就把我费劲养的才一点儿点儿大的迷迭香给碰了,正好被我看到,那个心疼啊!迷迭香长得可慢了,我三月从种子开始育苗,三

个月快过去了，还没长到巴掌大！香草长得慢，很多苗我都育得太晚了，老天保佑这棵苗还会继续生长。

芒种那天赶上周末，一些朋友来玩儿，一个个号称要干活儿，可天气太好，都美呆了。意达同学倒是在很努力地锄草，结果在最后一刻——在离开我院子前的最后一刻，误把苦瓜苗当草拔了，我的苦瓜苗啊！

草和苗有时真的很难认出来。我对草其实不太讨厌，它们旺盛的生命力让你不得不佩服，而且有的可以当野菜吃。四川姑娘宁远就教我认识了好几种杂草，有一种他们叫籼米菜，用水烫过之后就蘸水吃。她摘了一大把回家，据说妈妈好开心。还有两个南方朋友给了我几种香草：一种薄荷，一种藿香，也叫青茎薄荷，说炖鱼好吃；还有一种朋友不知道叫什么，我看这一期《食帖》里介绍的金不换和它很像，是罗勒的一种，泰国菜里面常用。

灰灰菜，据说也能吃，我没怎么吃过，一种野菜我倒是从小吃的，就是马齿苋，新鲜的烫一下凉拌，或者晒干炖肉，都好吃。

只是我们有了更好吃的，就要除掉它们了……我们现在的生活真是丰盛啊。

艰难的自然农法

63

充满智慧的狼爸菜园

黄鹭

狼爸菜园五月开始就无比丰盛了，叶子菜之外，西葫芦、黄瓜陆续下来，为了让辛辛苦苦（不用药劳动量真的大很多）种的菜，能最好味地让大家吃到，都是等人到了才采摘的。每周来的家庭，都要取走满满一筐菜。两亩地的菜园，都是狼爸一个人打理，最让我佩服的，还是他能做到不用药、不用化肥。

也许你会说，不用药不用化肥，不是很正常吗……那都是想当然，和我没有自己开始种地之前的想法一样，事实上真的不容易。但我觉得，对狼爸来说最不容易的，还是打破三十多年的惯性。在三十多年的农技推广工作中，他就是指导农民见什么虫用什么药，而如今一有虫害，只能眼见一批苗死了再育，每天不停地捉虫，这真的让我敬佩！回想一下自己，一般都是在惯性地生活工作着。

狼爸不仅对打破自己的惯性毫无怨言，还乐在其中，不时总结。比如他今天在狼爸菜园群里发的一段话，就让我从中学习了解到很多，这里摘给大家。

如何避免买到使用过化学激素的瓜果蔬菜？

在农产品种植过程中，为了增加产量和收益，除了化肥、农药，化学激素的使用也非常普遍。在水果蔬菜类作物上用得最多的就是膨大素、防落素和保鲜剂。顾名思义，膨大素可加速果实膨大；防落素能有效防止落花落果，提高坐果率；保鲜剂可延长果实保鲜期，防止腐烂。在我国，这几种化学激素已普及多年，特别是在集中产区，已经成为增收的必要手段。而市场出售的西瓜、甜瓜、葡萄、柑橘、猕猴桃、草莓、柚子、梨等水果，还有黄瓜、西红柿、茄子、青椒、冬瓜、西芹等蔬菜大都来自这些产区。到目前为止，关于这几种激素到底对人有没有危害，世界上也没有定论。不过食用过多对人身体没有好处是肯定的。多数专家建议还是少吃、不吃为妙。那么我们如何才能尽量避免买到那些使用过激素的产品呢？首先不要被其外表所迷惑，越是个大、鲜艳越不保险。比如市场上个大的猕猴桃、葡萄、梨、草莓等可以肯定都使用了激素；二是自然授粉生产出的西红柿、茄子、冬瓜、西葫芦和各种瓜类里面应该都是有籽的。

没有籽或者籽很少那就可能是使用了防落素。自然生长的黄瓜到了最佳食用期顶花已枯，如果顶花仍很鲜艳那肯定是使用了膨大素。因为任何果类作物自然生长时都是开花后才加速膨大，只有使用了膨大素才会出现先膨大后开花的状况；三是尽量不买超市和外地贩回的蔬菜，因为其大多来自专业集中产区。当地农户自产自销的产品比较保险，有条件的到知根知底的有机农场购买为好。

自己种菜不仅可以看到菜是怎样生长出来的，我觉得单是踩着田埂垄沟走和跑就很值得去体验，很多孩子开始不懂，乱跑乱踩，慢慢就知道了，这不仅成了一种乐趣，也是为孩子建立一种秩序，需要遵守的秩序，这个秩序是对农人的尊重，也是对来之不易果实的珍惜。

狼爸的菜园好看又充满了智慧，间种着紫叶生菜和西红柿，生菜摘掉也不影响西红柿生长。地里还有西瓜，听说西瓜不能用手摸，被摸过的西瓜长不熟就会烂哦。去年我第一次体验从地里摘了西瓜直接吃，今年西瓜熟了，要组织十五家来个"西瓜烧烤大会"。

烛光尝粽

黄鹭

　　有时我对自己有一些些不满意。目光所及之处都有积尘，大多数时候我都是视而不见的，住城里时看不过去了，打电话给小时工阿姨；住乡下，要么一转头随它去，要么抓起抹布左一下右一下，乱抹一气。我不是每天把东西收拾整齐、也把自己拾掇整齐的那种人，天生不爱臭美，偶尔也吵吵要美一下，可也真只是"一下下"，还美其名曰追求自然美。这样性格的我，竟然还是个摄影师；也正因为这样的性格，我拍摄的照片都不是唯美派的，也很少拍细节，能够真正让我觉得美、心里忍不住叫"好美啊"的，只有天地的美，自然生发的美。人在某些情绪下也会自然表露出一种美，这往往都在日常里，这些就是打动我的。

　　大概是性格使然，我在家里组织的活动也总是很混乱，椅子不够碗少了，菜是朋友一起弄，今年每次组织还都会赶上阵雨。上周六组织包粽子，就遭遇了两场雨，天黑后那一场大雨中还停了电，哈哈，是我的风格。

朋友们来包粽子，南方来的燕子主包肉粽，要求粽叶泡一天，米不用泡；我婆婆主包素粽，要求粽叶不泡，米要泡一天。经过最后的试吃，我觉得确实肉粽的米不用提前泡，因为肥肉可以帮助米熟和紧实，但如果是素粽，泡过的米更软糯好吃。

小白给我们拌了羽衣甘蓝沙拉。羽衣甘蓝长得特别好，也不长虫，据说还特别有营养，用它做沙拉，大体上和做其他沙拉一样，意大利醋加橄榄油加黑胡椒加蜂蜜加柠檬汁，做成调味汁；配菜有核桃碎（烤箱烤一下）、葡萄干儿，正好有杏就加了杏肉，又有朋友带来牛油果就加了牛油果！

等着吃粽子的时候，雨后天气超美，大家自己玩儿嗨了。我突然觉得，就像不用给小朋友准备太多玩具一样，也不用给来玩儿的大人准备太多，大家完全可以自己开发，这样更有劲！不过这幅"烛光尝粽图"没有存在太久，我回西院给公婆送了一趟粽子，大雨就把大家逼进了屋子，后来又停了电。再半小时后，雨停，黑夜中和大家告别，个个开心着。

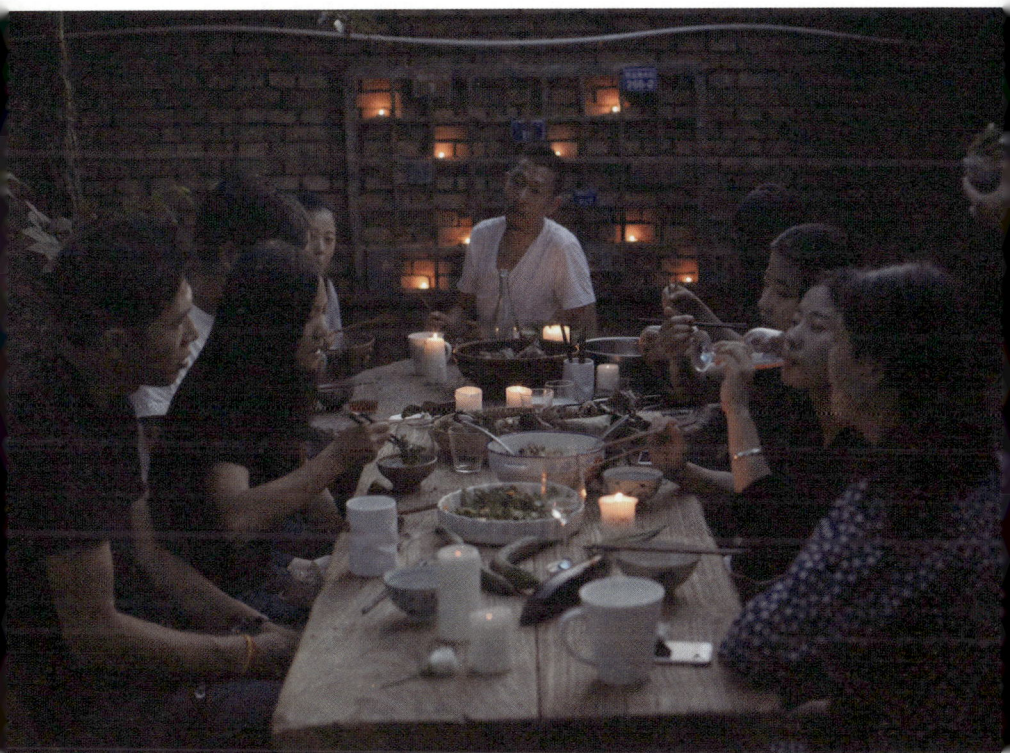

时蔬沙拉

若论烹饪小白也能搞定的人间美味，那应该就是时蔬沙拉了！

◉ 基本版时蔬沙拉

基本版时蔬沙拉有时令蔬菜和沙拉汁就够了。

时令蔬菜上，春天有芝麻菜、苦苣、生菜、甜菜和各种间下来的小苗；夏天有羽衣甘蓝、甘蓝、黄瓜；秋天是菊苣、芦笋、百合；冬天没有应季的时蔬，寒冷的天气也不太适合吃沙拉。

沙拉汁可以选择市场上的沙拉调味汁，也可以自己调，将橄榄油和意大利醋以3:1的比例调和，再加入研磨黑胡椒，就是最常用的油醋汁了；其中的意大利醋也可以用柠檬汁或其他醋代替。

◉ 升级版时蔬沙拉

在基础版中加入其他食材，就成了不同款式的升级版时蔬沙拉。

香草款：加入薄荷、罗勒、旱金莲的花和叶、芝麻菜的小花儿等；

水果款：加入芒果、杏、梨、菠萝、樱桃、荔枝、蓝莓等；

干果款：加入核桃、松子、葡萄干儿、蓝莓干儿等；

也可以加入干奶酪、藜麦或者其他自己喜欢的食材。

煮鸡蛋　苦菊　芝麻菜　红菊苣　新鲜菠菜　生菜　　秋葵　柠檬　奶油生菜

杏　　　　　　　　　　　　　　　　　　　　　　　　芒果
菠萝　　　　　　　　　　　　　　　　　　　　　　　薄荷
牛油果　　　　　　　　　　　　　　　　　　　　　　罗勒
荞麦　　　　　　　　　　　　　　　　　　　　　　　可食用菜（芝麻菜花等）
　　　　　　　　　　　　　　　　　　　　　　　　　蓝莓或蓝莓干
奶酪　松仁　西葫芦　石榴　南瓜　虾　葡萄干　芦笋　核桃仁

江南粽子

　　好朋友燕子每年都来带我们一起包江南粽子，嗯，是不同于童年味道的另一种好吃。

　　选用上好的糯米、咸蛋黄、新鲜蚕豆、偏肥的五花肉、板栗等；糯米不用泡，粽叶要泡一天，五花肉用黄酒和酱油腌制半天；最重要的是要包严实，不漏米，这点和北方的粽子一样。

人来疯

这一周，算不清家里来了多少人，来了上海的亲人"管家"和纪录片导演苏蕾，来了广州成都的女朋友，还有北京的一串好朋友，慢慢说。

管家和苏蕾来的这天上午，狼爸从菜园收了一堆黄瓜，等不及大家来取了，切好铺到西院房顶晒干儿，一切弄好，公婆午睡了，我和狼来到东院准备迎接。刚喘口气，狂风大作，突然下起一阵豪雨（据说不远处还下了冰雹），狼飞骑回西院，爬上房顶，抢救黄瓜，刚抢救完，雨差不多停了，管家他们也到了。

我完全不知道为何自己会这样有口福——管家是带着美食来的，他做的鸭蛋面在淘宝上是要秒杀的，而他做的凉面根本是非卖品，只有亲人可以吃到。他到了之后，喝了杯咖啡就开始做饭。樱桃放学和全家人一起来吃晚饭，还记得三年前我们一行人去台湾，管家也是这样给我们做了午饭做晚饭。

身边有太多这样的神人，被人喜欢，受人追捧，在他们品质生活的背后，是自律、勤奋和不怕麻烦的生活态度，我时常觉得如果我们能学得一二，就可以让生活有爱很多很多。我，就正在努力向他们学习着。当然，并不是复制一切，要结合自己的性格、兴趣、特点，活出自己的样子。

　　管家到的第二天是端午节，我们上午去后山摘了很多艾草。

　　端午节的下午场，是北京的朋友们来包粽子。和上一次不同，这一次会包的人少，很是费叶子，时间也拖了很久，而作为组织者，我照样准备不够充分，在等粽子的两个小时里，天色渐晚，已经有人喊饿了。此时，老天派管家救了我，煮凉面，下小馄饨，让大家安安心心等待吃粽子。编钩的编钩，耍帅的耍帅，采摘的采摘。而吃粽子的现场，更是被这些艺术小青年整出了 *KINFOLK*① 气质。

　　端午过后是小长假最后一天，夏至。这天家里还来了三个女朋友，她们从不同的地方来，相约每个月见一次面，深入地聊一次天。这一次定在北京，我邀请她们来乡下，提供场地，做饭。

---

① 全球知名的生活方式季刊。

我一边在院子里摘茄子、黄瓜、苦瓜、青椒，割韭菜、生菜，心里想着午餐做点儿啥，一边听着她们在土墙客厅里聊天，聊得好坦诚和深入。我做了咸鸭蛋炒苦瓜、鸡蛋炒韭菜、茄子炒青椒，最后还撒了些地里种的金不换；黄瓜和生菜洗了生吃，再煮一锅米线泡凉水里，就是自给自足的夏季凉面大餐了。姑娘们吃得很美，小啤酒喝着，吃吃聊聊，困了的两位姑娘就在榻上睡了一觉。我洗碗，和一年没见的菲朵聊聊家常。菲朵说我结婚这一年，好像样子有变化。

送走女朋友，迎来打篮球的各路朋友。邻村有个户外篮球场，平时也没有什么人打，我和狼看到就约了朋友来，打得非常激烈，参与的人个个很爽。我最喜欢看女生加入，仿佛大学校园的篮球场。球赛后必须得有啤酒烤串，我们去的是村子附近最好的一家饭店——是我们村首富开的，我喜欢叫它"首富餐厅"。

写到这里，我再次被这一周乡下生活的丰富惊到了。可以算是告别猫冬之后、春耕忙碌以来的一个热烈的高潮。周日去上书法课，每一周的课都是一个提醒，提醒自己面对每一个当下的内心需求。

我爱我的朋友们，爱他们带给我的情感流动，我会像小朋友一样人来疯，但此刻，我突然觉得需要恢复一下乡下的宁静。

好好种菜，不做鸡汤

这两周，关于狼爸菜园，我的情绪和思考在不停地调整。

最初，我有一点儿被辜负的情绪。菜园到了六月，无比丰美，但是十五家中只有一半坚持每周自己来取菜，其他家或者让来取菜的家庭帮忙带，或者派司机来取，或者干脆不来也不要了。对此我开始有情绪，当初说好菜园的重要目的之一就是给大家，尤其是孩子们一个接触土地、看到菜是如何生长、看一个菜园子如何变化的机会。大家都表示这样太好了，能参与各种劳作，遛娃有了好去处，还有新鲜蔬菜。可是现在，连取菜都懒得来。大家都是朋友，我也能理解一些不来的原因，比如，对，忙别的。但眼下的情况，让我觉得菜园子没有实现最初的价值。

正好有天和人聊到有机种植发展中遇到的困难，比如信任不够、菜价太贵等等。结合狼爸菜园的情况，我觉得除了这些原因，消费者对有机种植背后的真正价值了解得也不够，他们

81

想的可能只是买得起或者买不起，根本体会不到有机种植的辛苦——这种辛苦不仅仅是体力上的，更是心力上的。当一个农人面对病虫害，看着已经伺候了一个多月就快成熟结果的幼苗遇到状况，坚持不用药而是亲手去捉虫，付出很多倍的劳动，且经常要重新育苗重新种……这些都需要强大的心力支撑。而我们没有去看到、没有去了解这些，心里不把种菜当回事，好像种地是世界上最没有价值的事情，从而也很难对农人给予足够的尊重和感激。

带着这样的情绪，我开始看藤田和芳写的《一根萝卜的革命》。这是特别好、对我来说非常及时的一本书。原来有机农业在哪里都不容易，就其中的原因以及该如何看待，这本书给了我很多提示：

产地的实际状况和农户的辛勤劳作，让消费者都意识到农作物和在工厂流水线制作出来的商品之间的不同，是太阳、水和土壤共同孕育出来的有生命的东西。所以如果想要吃到安全食品的话，不仅是不使用农药的问题，而是要选择和虫子们友好共存。一年四季都能吃到西红柿的生活方式是反自然的。面对被虫子咬过的农作物，或者碰到遇上天气不好缺货的时候，正是我们思考农业和社会的良机。

……

如果只接受专家和"精英农户"生产的有机农产品，这不是有机农业运动，而是自我主义。精英生产者和精英消费者联起手来，创造与世隔绝的，只属于自己的理想国，宣称"我们只和真正懂得有机价值的人一起做事"，这也许是一种模式，但却不是我想选择的道路。

……

我们的目标不是建立一个只有精英的乌托邦，而是能和更多的人建立更广泛的联系，让他们能一点儿一点儿朝着改变的方向前进。即使是使用了农药和化肥的农业，也不应该一味指责生产者……这是我们追求"物质丰富、生活便利、灯火彻夜通明"的现代社会的结果。所以说不是农业本身发生了变化，而是农业迎合消费者的要求，忠实于消费者的欲望而变成了如今的模样。

……

在和亚洲各国农民接触的过程中，发现了以游戏心和与自己完全不同的价值观去看待事物的乐趣。当然，遇到原则问题还是不能让步。即便是这种情况，我们也不应该心急火燎地一味谴责，在指出错误的同时也不要忘了去勾画美好的未来。

阅读这本书，让我进一步肯定了有机种植的价值，也可以既自豪又客观平淡地看待它，并接受在此过程中会遇到不同价值观的人、事、物的可能性。

　　一切在慢慢学习和深入，而我的情绪和思考也从被辜负转到了另一个频道，是自我肯定后提醒自己正常地看待，不拔高意义、架空实质。看过一句话，不要老去想客户要什么，要好好想想自己可以给什么。所以，我们会继续把地种好，做好和种地本身有关的学习和推广，比如食物保存等等。

学翻地，不减肥

夏天的丰盛

上上周回了趟老家，又去包头拍摄，心里当然想念小院儿。

狼说："摘豆角，摘完了回去发现还有很多，再摘完了回去又有很多……是不是它们会躲起来？"我只能在远方想象着摘豆角的情景。

狼从小生活在农村，说过去没有那么喜欢种地这件事。他小时候最不喜欢摘豆角，要一头探进去，蚊子又多，又不能像摘黄瓜一样一边摘一边吃；还因为要给家里温室大棚放帘子不能看动画片，有过一边哭一边放帘子的伤心经历……

离开小院儿的日子，常常被问到为何会到乡下生活。城市必然有城市的好，比如我最舍不得电影院，因为特别喜欢看电影；还舍不得北京的胡同儿，没事儿逛逛，特有趣；更别提可以随时见到朋友们。

但是人不能要得太多，特别是三十五岁之后，感觉生活只要朴实鲜活就好。我去了很多次台湾乡下，每次去都被散漫又走心的过日子方式打动，那是缓慢的、甚至看似没有创造什么价值的生活，他们好好吃饭，好好睡觉，尊重自然，物尽其用。那里的面包店、木工房、咖啡馆、小饭店……都恰到好处，刚刚好，不夸张，没长成一副我要很努力、我要赚大钱的样子。这种状态很适合我，让我舒服，让我一步步选择了今天的生活。

夏天的丰盛，来得真是猛烈，所有的蔬果，不摘就老了坏了。

豆角开始产量暴增，还有黄瓜，所有的菜都不等人。摘菜的工作量很大，于是就要及时摘，吃不完的可以晒干儿，留到冬天吃。晒干儿的方法有很多，我们用的是狼妈的方法，豆角从中间剪开晒；黄瓜是切好，用盐搓出水，把水压掉再晒。菜干儿不出数，十斤豆角出一斤豆角干儿；黄瓜更麻烦，不仅二十斤才出一斤黄瓜干儿，晾晒的过程还很漫长，有一点儿水或者湿气都不行，我们就晒失败了很多。除了晒干儿，狼妈还腌了很多酸黄瓜和酸豆角。有了菜地的夏天，每天每天地闲不住。

十三号是入伏第一天，据说气温有四十度，我们晒了今年最好的菜干儿，中午狼把温度计放到屋顶，五十度的温度计爆了表。

入伏头一天晚上，把要晒的黄瓜准备好。黄瓜切片，过热水——这是经验之谈，过了水的更好晒；对了，还要搓大粒海盐（超市就有专门腌菜的便宜海盐），可以把水分逼出来；过热水后，摊开、放凉；放凉后装进网兜，用石头来压水；压过一晚上，晾在屋顶。正午的房顶，宛若马尔代夫海滩。

傍晚，我们在房顶把干了的挑出来，湿的继续晒，以为夜里无雨，睡觉前就没有收。结果半夜一点多，电闪雷鸣狂风不停，狼只好从东院奔回西院，爬上房顶，收了菜干儿，再飞自行车回来。闷热中，大雨哗哗下了起来。

夏天，真好啊！树上有各种鸟叫，提醒着这是夏天，这是夏天。而对我们的不用药、不用化肥，土地也给了最直接的回报，所有的菜（除了香瓜、甜瓜因为雨水多不太甜），都味道好得除了味觉，连心都可以感受到它的好。有人说吃出了小时候的味道，但我想说，我小时候就没有吃过这么好吃的菜！

除了菜好吃，院子里看到了蜻蜓、蝴蝶，看到了七星瓢虫、螳螂、蚂蚱，蚯蚓更是很多，有一天晚上甚至看到了萤火虫！虽然不多，但是都让我好激动！

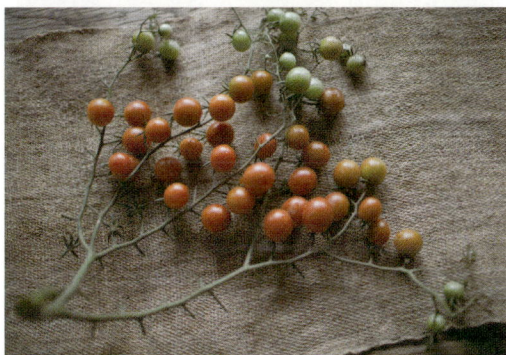

杏酱

五月杏丰收，熬酱可以吃上半年。

将杏洗净晾干，对切去核；

去核的同时用大锅烧水，将盛装杏酱的容器放入水中，待水开后取出，晾干备用；

将去核的杏放入锅中，不加水，小火加热，让杏慢慢软化；

软化的过程中加入适量冰糖或者白砂糖，其间不时搅动，防止糊锅；

如果喜欢果酱有些果粒感，可以稍早关火，总之就是根据自己对果酱黏稠度的喜好来决定关火时间；

完成后装瓶，放冰箱。

草莓、菠萝、李子，趁这些水果大量上市、便宜又好味的时候，用类似的方法多做果酱，自己吃或送朋友，配面包、酸奶、冰激凌，都很美味。

熟杏洗干净
晾干

去掉杏核的杏
冰糖

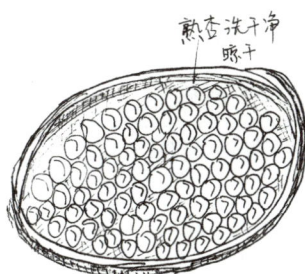

一边洗杏去核一边煮瓶子
瓶盖
溜装果酱的玻璃瓶

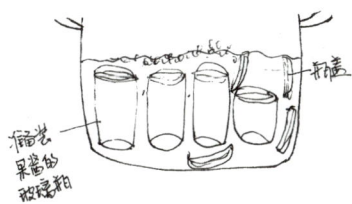

完全不加水,小火熬杏酱.用勺搅

瓶子晾干

杏酱熬好装瓶

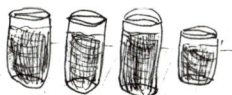

配面包　　配酸奶　　直接吃

鹿家私房菜

油浸小西红柿

大西红柿直接熬酱就好吃，小西红柿可以吃得精致些。

将小西红柿切四瓣，用海盐、黑胡椒腌制；

放到烤箱中，以八十度烤七到十二小时，像我一样舍不得电费的话，可以用一百度烤两小时；

烤好后，用油浸，可以存放好几个月。

我们吃的是用红葡萄酒醋和橄榄油浸的版本，配烤面包超好吃。

过冬食物

出产丰富的夏天里，可以考虑存储一些喜欢吃的蔬果做过冬食物，也算夏天送给冬天的礼物！除了上边提到的熬煮和腌制，还可以冷冻和晒干！

◉ 冷冻法

西红柿可以直接冷冻；

茄子要切块后蒸一下再冻；

毛豆则是剥出毛豆粒后焯水沥干冷冻，做冬天的配菜特别好吃。

◉ 晒干法

遇到连续晴天，可以把适合晒干的蔬菜拿到房顶上晒；

豆角须要剖开晒；茄子、西葫芦切片晒；萝卜切条晒。

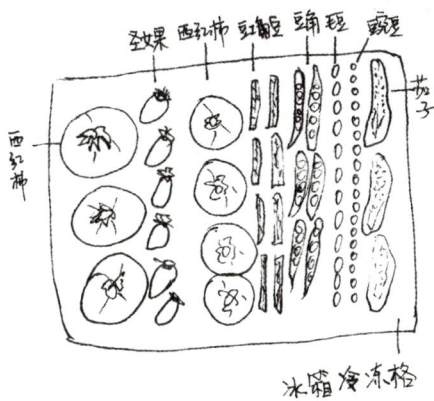

致果 硬柿 豇豆 豇豆 豇豆

西红柿

茄子

冰箱冷冻格

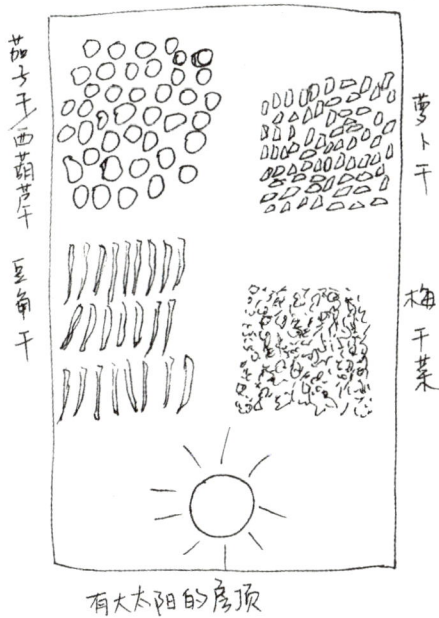

茄子干/西葫芦干

豆角干

萝卜干

梅干菜

有大太阳的房顶

专注和真爱

黄鹭

上次朋友来玩儿时问我，乡下生活就没有一点儿不好吗？因为听我说起来都很好，或者有些看似不好的东西我也可以忽略。

朋友走后，我刚好出差一周。工作之余，书店里翻各国作品，电影院里看电影，吃好吃的馆子，尝不同的美食，刺激出很多拍摄欲望，提醒自己还是需要有所追求。于是我发现了乡下生活可能会有的一点儿点儿不好：容易让人懈怠。是"可能"，不是"一定"，比如狼，他就完全没有懈怠，每天屁股钉在椅子上画画画画；我呢，上半年就有一点儿懈怠，尽管手受伤也是部分原因，但整个人还是被动了一些，这里说的"懈怠"，主要指工作上，对我来说就是摄影。我们从来没有想过隐居，因为首先我们需要工作来让自己有收入；更重要的是，他要创作要表达，我也要把好不容易找到的热爱的工作不断深入。

人真的很容易懒惰。我转行四年了，没转行之前，做不喜欢的工作，总辞职请假，特别珍惜业余时间，到处走啊看啊拍啊，也读了很多书。现在做了喜欢的工作，又下乡过上了类似退休的生活，有时候就会感觉整个身体沉沉的，不愿意动。以前我经常五点起床出门拍照，可在乡下，这样的事情从未发生过，真是汗颜啊！加上转行后心更宽了，口福又大增，人就开始发胖。任何事情，都可能有副作用，必须看到。

我确实是个不太容易专注的人，永远都是东一下西一下的。在地里干活儿也是，哪怕计划今天锄草，干了五分钟后，神不知鬼不觉地就去干了别的。地里的活儿没个完，总是闲不下来。有时我很烦恼自己怎么就不能说好干什么就只干什么，但烦恼也没有用，干着干着就又鬼迷心窍了，好在，土地好像对这样的我并没有多大意见。

比如某天傍晚，我混搭着干了锄草、追肥、浇水、摘果实、翻地等活儿，被虫子叮了很多大包，腿上、腰上、肩膀上……第二天有的包成了尖尖的水疱，已经第五天了，还有些痒呢。我完全无法想象在这样的天气里，狼爸还每天八小时待在菜园子里，如果去看了他的菜园，我的菜园简直没法入目。我深深觉得，如果自己做个要保证供应量的农人而不只是自家自给自足，八成早就用药了，我真吃不了那个苦。吃不了苦就品尝不了喜悦，这周狼爸带着得意给每家分西瓜的样子，让我感觉到

他对种菜的真爱，每一个果实，都是高高兴兴地送交出去。

经过端午那周朋友来访的小高潮后，渐渐恢复了乡下的宁静。

这一周，我经常大半天一个人待在东院的宁静里，写了一些暑假书法作业，看了一些文章。去西院吃过午饭回来，必然会午睡一会儿。午后气温有些高，身体微汗，蚊子包微痒的感觉，特别夏天。晚饭在东院一人食，五点多去地里摘几样蔬菜，红苋菜、野苋菜、紫背天葵、秋葵，热水里一烫配米粉，再来个糖拌西红柿，或者用金不换煎个茄子，还有狼妈腌的酸黄瓜，哇，每天都好吃到呆掉，也许你觉得太夸张，反正事实就是这样。

晚上十点，狼在西院画完画回来东院。东院不热，电扇都不需要。早上六点起来，狼会先写一页毛笔字，然后就去西院画画；七月，狼应该就能完成骑行绘本的第一本[①]了，每天十小时画画很是辛苦，因为真爱所以值得吧。

说到专注和真爱，我被朋友批评教育不能不去工作、不去拍照，乡下生活怡人，但也不能荒废自己所爱。确实在所有事情里，只有拍照时我是专注的，也非常享受拍照的过程以及可

---

① 骑行绘本《流学的一年》已于二〇一七年七月出版。

以给到客户的那些记录。我们不能要得太多，也不能辜负难得的天赋。

想起有次找种地的书时，看到一本叫《半农半 X 的生活》，作者是日本人，写的就类似我们现在的生活，大概有一半时间务农，一半时间工作。对我们来说，我的 X 就是摄影，狼的 X 就是画漫画。只是"一半时间"一定是相对的，特别是我，严重需要规划时间。

我们在不断调整工作和生活、城市和乡下的关系与节奏，这其实都是有重点的、明确的。现在总体就还好，不会觉得太累，不像刚住下来那段时间，哪边都放不下来，就有很多纠结，人一费心，就累。

把生活和工作调整好，顺应，顺势，用心而不费心地走下去。

再见，我亲爱的草

黄鹭

这一周工作密集，连续进城，直到今天下雨，原定的工作改为明天，我才又有了一天和小院儿好好待一待的时光。

不工作的时间，很多都花在锄草上了。我在各种书上看到的自然农法，都是说不必锄草，草可以保持土壤的水分，根可以松土，对蔬果来说有一定优胜劣汰的作用。在这件事上，我和狼爸狼妈有分歧，他们完全不能接受这个理论，种了一辈子的地，哪有不锄草的，只有懒汉才会那样呢。我呢，一方面的确不那么勤快，加上除了种地还有其他的事情，而且也想看看自然农法究竟怎样，所以我很少锄草。

上周六，狼爸提醒我，杂草已经进入打籽期，如果再不锄草，草籽落入地里，明年草会更多。想起去年因为整个八月我们外出，回到东院时，草长得比人高，而且今年院子里草的确比去年多，我就有点儿怕了，乖乖地去锄草。这时，草已经多得锄

103

也锄不完。这时，我读到一篇讲自然农法的文章，说不锄草是不除去草的根，地面上的还是要锄，锄好之后，可以铺在菜地空隙，继续帮土地防晒，堆烂掉还能当肥料。这让我对不锄草有了更科学的认识，同时也觉得，自己确实还是了解得不够。

对我来说，锄草最让人崩溃的有两点：一是给苗比较小的菜畦锄草，因为草往往比苗多、比苗壮、比苗高，要找到菜苗保护好，除掉杂草，真是不容易。韭菜地我就一直拖延着，不知从何下手，终于有一天，狼爸看到给锄了；另一个就是，夏天草疯长，锄也锄不完，头一天锄到黑，一身臭汗，第二天醒来院子里一走，还是到处是草。关于院子，宫崎骏的观点是，杂乱的院子才有趣，好像每个角落都藏着好玩儿的东西，比一目了然更迷人。我还想象着我的院子里有很多《借东西的小人》那样的故事呢。我就是太会给自己找骄傲的点了。

从视觉上，如我这样风向型的人，也会根本无视草的存在，但好几位处女座朋友说，见到草心里就长草，完全受不了自己的院子里有草。而我不是这样，草从视觉上不碍我眼，事实上，有时看着茂绿的院子，还会觉得又神秘又好奇，看着心里踏实。况且在不太除草、肥也给得不太多的算是半自然农法的实践下，院子里生态特别好，狼有一天目睹了螳螂的诞生过程，他说有小二百只吧。

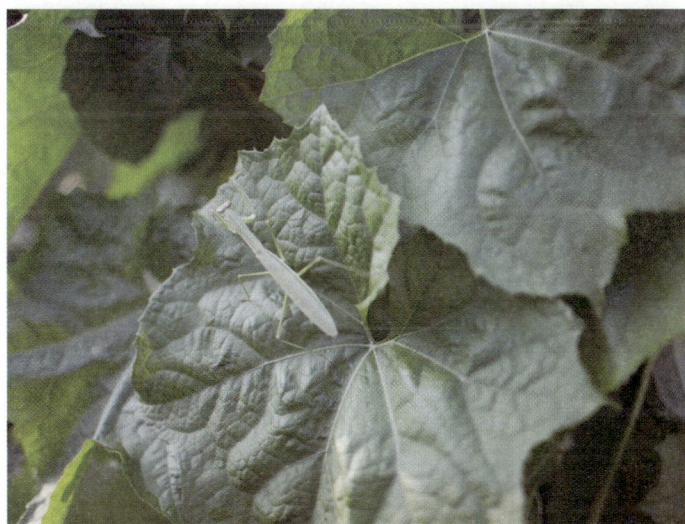

真到锄草时，我其实深深佩服草的生长能力！太能长了，有的根本拔不动，有的长得比我高！我猜当我把糊在茄子、青椒、西红柿……所有蔬菜旁边的草除掉后，它们一定因为终于透了一口气，舒服了。所以，比起狼爸菜园，我们这边的菜量明显不行。爬藤的草，包括牵牛花，它们可以遮天蔽日地缠绕着菜，我的有些茄子甚至被缠绕撂倒了，这样的情况，对农业生产必定没好处。

客观地说，锄草是农业生产中重要且必要的行为，因为现在我们用的种子，大多是被几十年不断溺养而得的，根本拼不过草。自然农法非常值得尊敬，但必须坚持多年，要获得预期的效果，至少得五年以上，要不断地自留种子，让种子自身能力增强。不过这都是从书上看来的，我特别希望在现实中认识一个实践自然农法的农人，见见他的土地，希望也相信未来会有这个机缘！

狼配对联：

上午文艺女青年看一江春水向东流

下午农村壮劳力对半亩菜地不知愁

我给横批：

再见我亲爱的草

盛夏的果实

黄鹭

　　七月，雨特别多，然后就臭美地觉得，夏天也太好过了吧？一点儿都不热嘛，只是总担心地里的菜秧经不住风雨。七月的北京像江南，村里院里的苔都长得美。临近八月，开始酷热，忍不住要开空调，狼尤其怕热，又因为伏案画画，一出汗就没办法画，所以西院这几天大半天要开着空调。

　　以我这两年住乡下的体会，如果想不靠外力实现"冬暖夏凉"，盖房子时要特别用心。墙的结构、厚度、用料都很关键。像我们东院那种起脊老房子就凉快，不过造价更高，而且东院的墙是石头加土坯结构的黄泥墙，保温效果比砖瓦水泥好，夏天也相对凉快；西院是新盖的房子，就不太讲究，平顶，墙也不厚，农民一般不舍得垒太厚的墙，不像身边朋友来乡下盖的房子，墙比农民房厚一倍多，这样保温隔热性能也更好；再有就是窗户，今年在考虑要不要把西院厨房窗户换了——我们现在装的是单层铝合金推拉窗，夏天漏灰，冬天透风。

如果不是下乡生活，我哪里会懂这些啊，即使知道也没有体会。在亲身经历中慢慢了解，再在现有条件下做一些合理调整。

要合理调整的还有我的菜园子。有了这一年的种植经验，我们对明年也有了初步规划：哪里种西红柿，哪里种黄瓜豆角……黄瓜离水近一些，要常浇，豆角可以远一点儿，两种菜最好不种在一起，我今年图方便把它们种一起了，想着反正都要搭架子，还有，都可以再少种一些。

我俩都爱吃土豆，去年颗粒无收，今年有收获啦！虽然个头很小。一个是因为还没长到时候，要等叶子黄，另外就是技术上还有待提高：比如没有起垄，比如种的过程中没有不断培土，还有网友说要摘掉叶子，甚至要掐掉花的……总之，我们已经决定明年继续攻克土豆种植，还要加大面积！

定下大力发展土豆种植之外，我们还决定种可食用玫瑰做玫瑰酱，这个秋天就做准备。一想到一年比一年更了解怎么打理这个菜园子，就心里来劲儿！

最近茄子大丰收，每天都是吃茄子茄子茄子，今天中午还是茄子，我已经为冬天储存了几顿茄子：切块，用电饼铛去水，然后装袋冻，冬天炖菜很好吃；过几天再摘些小嫩茄子做成蒜

茄子冻起来，解冻了就是好吃的小菜，可以为冬天的餐桌增加些小花样。

　　冬天的主菜都在这几天种下了，头伏萝卜二伏菜，我都是二伏种的，头伏一直在下雨。大白菜、红芯萝卜、胡萝卜，还有白萝卜。白萝卜不经放，收了就要抓紧吃，红芯萝卜可以吃一冬天，胡萝卜也可以，但这两年我都种得不好，出苗少且小，今年起了垄种，还按王大姐说的盖上了叶被子，防止幼苗被晒死。希望今年冬天能多个胡萝卜当常备菜！

　　自家玉米吃了三四次了，但吃的大都是被风吹倒、还没有熟透的，味道倒是没得说，再没比这更好吃的了！而且今年玉米没有虫，很奇怪，去年几乎每个玉米都带虫子呢！狼吃杏的时候也发现了，说杏里没有什么虫，看来今年是虫子少的年景？

　　西红柿已经迅速过了季，连秧子也被风雨和虫害折磨得没了魂，很多家已经开始拔掉秧子，种白菜萝卜了，我只拔了实在不行的，大部分还留着。今年尝试了很多西红柿品种，有一种小西红柿颜色很特别，味道很好。

　　在不断了解中，找到最适合种植的地方和方式，这个过程太让我有成就感了，比做什么都高兴。比如种薄荷，有天拿到一个不漏水的猪食槽，我决定把薄荷移植到里面，如今看到长得好又不用管，心里还是不禁会有几分得意，自己总算做对了，哈哈。

　　下午要种一些叶菜，周日立秋，秋冬的火锅菜就靠今天种的了!

鹿家私房菜

米粉两吃

我和身边很多朋友都是米粉爱好者，常上网买米粉，吃之前花个半天泡发。

◉ 素汤米粉

素汤用地里自产的原料就能搞定。

辣椒大蒜起锅，炒西红柿，出汤后加水煮，有蘑菇的话再加一点儿蘑菇，煮略久一点儿；

在碗底根据自己口味撒盐，盛汤；

米粉另起锅单煮，煮熟后盛到汤碗中；

再加一些香菜末、紫苏末、辣椒油、酸黄瓜或者其他自己喜欢的小菜。

◉ 羊肉汤米粉

羊肉汤米粉只有汤不同，用内蒙的羊肉，加葱姜蒜熬三小时；

汤留用，肉捞出放入冰箱冷却，吃米粉的时候切片放入汤中做配菜；

其他配菜和素汤米粉一样，随喜好加就行。

紫苏煎黄瓜

每年地里都会自己长出很多紫苏，紫苏可以做很多菜，我会得不多，偏爱紫苏煎黄瓜。

黄瓜切片；

小火，加食用油，煎黄瓜片，煎好后取出备用；

全部煎好后，用大蒜和小辣椒起锅；

炒紫苏末最后倒入已经煎好的黄瓜，加盐和酱油调味。

煎黄瓜片

紫苏丝

大蒜末

辣椒末

大蒜和辣椒起锅
炒紫苏丝
加盐，一点儿酱油，糖水
最后倒入煎好的黄瓜片

纯天然生活

这一周来了两次朋友，我主打烤蔬菜，拌烤桃子沙拉，煮米粉。多亏守着出产美味的菜园子，厨艺初级的我也敢于用最简单的办法去做一些菜。

周六来的人多，九个人，按照事先定的菜单，一早去地里摘了菜。

大家去玩儿的时候，我在做饭，心里有一点儿紧张，但很高兴。主食是米粉，前一天已经煮好了羊汤，做了白切羊肉，当天泡了米粉，人多，米粉一碗一碗煮，捞出来后浇汤，加刚熬的西红柿酱、紫苏叶、辣椒和其他调味品；菜有紫苏煎黄瓜，还有最成功的烤桃子沙拉，桃子和苹果加橄榄油、黑胡椒，用大概一百五十度在烤箱里烤了二十多分钟，取出后切一下，加上做沙拉常用的羽衣甘蓝、生菜，用油醋汁调味，还放了松子、蓝莓干儿，最后撒了一些地里的各种香草，牛至、罗勒、薄荷，对了，头一天晚上我还烤了小西红柿，烤完浸在橄榄油里，也放了一些，好吃！

另一次是朋友来村里刚修的篮球场打球。因为下午要去上瑜伽课，我在当天上午先把鸡汤煮好，等五点多回来后，去摘了茄子、青椒、西红柿、紫苏等，先煮上西红柿酱，泡上米粉，然后切蔬菜，烤。

差不多一个多小时，正好吃晚饭。因为上一次烤蔬菜把橄榄油用得差不多了，又忘了补货，以至这次略干。有好食材，烤蔬菜，非常简单。我用了茄子、青椒、西红柿，还可以加胡萝卜、西葫芦、大蒜等等，对了，茭白烤了也特别好吃；切片，码放，加海盐，加黑胡椒，淋上橄榄油。这道菜多些橄榄油会更好吃，烤完剩的橄榄油还可以配法棍面包吃，超级好吃。

哦，对了，我是先用二百度烤了十五分钟，又用一百五十度烤了十五分钟，温度和时间的设置我基本上是透过窗口看着调的，没什么道理，可能就用同样的温度也行。烤蔬菜不像烤蛋糕那么严格。

一做饭就会有厨余产生，上个月，我们开始堆肥，发现这个古老的方法真的是太好了！所有厨余，切菜剩的、烂了坏了的皮皮叶叶，实在吃不掉的饭菜，都扔进土坑。连平时锄下来

的草也可以堆进去，盖一层土。这样，他们就回归到土地里了，没有异味也不招苍蝇。（我们吃得偏素，没扔过肉，顶多有点儿骨头。）天气热的话，差不多三个月就能变成营养土。

去年秋天我们就尝试过堆肥，但有点儿晚，已经十一月了。冬天太冷，到了春天，发现还没有变成土，但我们在上面加土种了茄子，长得很好，最近那片茄子全收了，翻地一看，下面已是很肥的土了。

堆肥真的好棒啊！自己试过才知道它的诸多好处。且不说可以变成营养土、成为肥料，单是让垃圾回归自然，就是特别棒的事情。如果社区都有这样的空间，大家饭后遛弯儿，用桶啊盆啊盛上厨余倒进坑里，再添把土活动一下身体，这样大家对垃圾分类就会更积极了吧……都说把废物放到一起才是垃圾，分开来，很多都可以再利用。当然，如果堆肥要保证没有异味不招苍蝇，可能还是需要少荤少油。其实，少荤少油，也是健康饮食吧。

除了堆肥，最近也开始尽量把不用的纸品——从小包装到用过的卫生纸——收集起来，让狼烧炕的时候顺便烧了，烧完的灰，还可以继续堆肥。

此外，这一年多，家里一直用茶籽粉洗碗，非常好用，网上卖得很便宜。先用洗碗巾（我们用的是丝瓜瓤，特别好用，完全不沾油）蘸上茶籽粉把碗擦一遍，不用放太多，然后用水流一冲洗，就很干净很干净了。另外，我们去年开始用无患子洗衣液，也很好用，没有了刺鼻的香味。

写这些不是为了标榜环保，我做得还不够好，有时要求也不够严格，只是开始发现可以做一些类似的小事情，就慢慢开始做，心里会有轻松感。大概是因为现在自己种菜，偶尔大量扔掉不能吃的部分会格外心疼，从而推及其他吧。

总归是秋天

黄鹭

今天上午，树上的秋蝉拼命地叫，香椿树已经开始不停地随风落下叶来，秋天，秋天到了。

想起立秋前一天，我们在路上，狼就说："哇，大青杨已经开始飘落黄叶！"就在他感慨后几小时，开始下雨，立秋了。虽然今天太阳依然很烈，人也会出汗，但身体不会再觉得黏答答的。

这场雨也让上周五种下的叶菜（小白菜、乌塌菜等）和白萝卜迅速出了苗，翻地那天可是汗如雨下啊！其实地已经非常松软了，并不难翻，只是天气太热，后来我光着脚站在地里，刚翻过的土晒足了太阳，踩起来温暖、踏实、随和，让人放松，有种童年感。

一直喜欢的大丽花今年买了，没想到种出来不是大红色的，虽然不完全是我想象的样子，我同样很爱。地里的惊喜是一小撮香葱，去年深秋狼爸种的，熬过一个冬天后，供应了我们整个春天，后来都蔫儿了、黄了，看上去像死了一样，我们就都没再管它，没想到，上周突然特别可爱地整齐地，也不知怎么就复活了。拿香葱拌豆腐或者在起锅时提鲜，都不错！

节气送走了高温，也送走了果类菜的丰盛，这样正好，每天摘的量恰好够吃。

气温依然不算太低，每天要喝很多煮藿香水。我们也晒了一些香料，但一开始没有经验，晒完紫苏就装袋子，结果全碎了，去问一家山货店的老板（在他家买米粉时看到有干紫苏卖，是完整的），她告诉我，晒完不能马上装袋子，要在屋子里回潮，否则就碎！啧啧，什么都是学问啊！

今年茄子得到了大家的喜欢，傍晚去狼爸的地里，问："茄子留种子了吗？"狼爸说："留了，你看这个，一个茄子有上千种子呢。"今年还种了两茬儿黄豆，一茬儿用了小羊从日本带的种子，长得还可以，另一茬儿用了湖南的老品种黄豆，没有开花结果，据狼爸说，这个黄豆不是转基因的，没种成功应该是因为光照不足，湖南的土豆我们也没有种成功，狼爸说土豆和黄豆都是对光照比较敏感的，湖南的黄瓜、香料和茄子，就长得很好。

院子里走走，感叹自己真不是个好园丁。慢慢来，嘿嘿。

想起那首《秋蝉》，反复唱："总归是秋天，总归是秋天。"

茄子还是丝瓜

狼烧脑子鹿烧饭

黄鹭

　　盛夏真的结束了，秋老虎也过去了，蝉声由弱到无，世界在往安静里过渡。雨后早上村子里溜达，听到各种鸟叫。呀，好像是有啄木鸟在啄木呢！问不远处的清洁大姐，她说，是呢，多大多大，灰灰的，我们俩就在那儿听了半天。

　　秋播因我的懒惰进行缓慢。昨天翻了一块地，准备种上过冬的菠菜。出差回来这两天，对什么都要自己动手的日常稍有不适，吃了几顿自家的菜，又到村子周围走一走，也就回了神儿。

　　这一周的主旋律：狼烧脑子我烧饭。骑行绘本开头大改动，有小三十页要重新画，满满的一天十小时，我负责午饭和晚饭，这一周，觉得厨艺又有长进，至少不会像去年冬天那样，因为要做饭就别的什么都干不了，从准备工作到做完，五六个小时过去了。现在看到家里有什么，就能发挥着做什么。

　　开始尝试做面食，先是按狼老家土法做了蒸饼，据婆婆说是农忙时最省时间的做法。面发好（发不好也行，比如我这次就没有太发起来，狼爸还就喜欢吃没发起来的），做一大锅烩菜，我那天是先煮了两个小时羊骨头，再用羊骨头烩家里的各种蔬菜，把各种菜炒一炒之后加水，水没过菜，烧开之后放发好的面饼，十五分钟左右就好了。我放的水有点儿多，面饼被水浸没，有了颜色，但也有了味道，直接吃都好吃。

后来我又试着做了馒头，用做蒸饼时留下的面肥。我早上和好面，中午温度比较高了才开始发酵，下午准备做的时候面发得很不错，把我高兴坏了。可是用面肥做馒头就要加碱（用酵母做不用加），都说加碱很关键。但我也不紧张，我的口头禅是：做不好，还做不坏吗？哈哈，加碱后，又放了一会儿，我用婆婆教的方法揪了一小块，插在筷子上用火烤，烤好掰开尝一尝，觉得还有一点儿酸，就又加了一次碱，然后开始揉啊揉。发过的面揉起来手感特别好。我觉得差不多了就上了蒸锅，结果味道还不错，但揉得还不够，碱没揉匀，黄一块白一块的；而且有大气泡，也不够暄。记得小时候最爱我爸做的馒头，因为他劲儿大，面揉得好，特别暄。

跟细毛学的牛油果土豆沙拉特别棒，土豆煮熟去皮，加牛油果、罗勒叶（叶子可以撕开，更有利于散发味道），再用油醋汁一拌就可以了。油醋汁是意大利醋（我用的是柠檬挤的汁）

和橄榄油以差不多一比三的比例，再加少许盐调成的。我以前调汁老忘记放盐，每次狼都说太酸了，以至于不爱吃我拌的沙拉，这回可算记住了——要加盐。

秋天的凉意渐浓，蝉声也从降低了音量到影影绰绰，秋后蚊子叮咬得越加疯狂，但已没那么痒了。菜园子里的果菜几乎没有了，偶尔看到西红柿、苦瓜，已算惊喜。

茄子已经长不好了，个头不大就摘了下来，和地里的据说叫二金条的红辣椒一起做了蒜茄子咸菜；胡萝卜也长得不好，今年自己种的手指胡萝卜只长出来一丁点儿。索性烤了一盘蔬菜，像蜂窝一样的是对半剖开的整头大蒜，狼爸很喜欢吃我这样烤的大蒜。

傍晚买块豆腐，切片煎一下，和西红柿苦瓜一起炒，这本来是小白的一个丝瓜菜方子，结果那天我拿回家的丝瓜老了，就换成了苦瓜，颜色更好看，也不难吃。

乡下生活依然让我着迷。随着四季变化，总有一些新发现。这一天，我们就发现了一片向日葵。

这天是结婚纪念日，我们像结婚那天一样，去村后来点儿野花，臭美地拍张照，发出来嘚瑟一下……带着点儿懒散的劲头。要求很简单，但很快乐，就是这样。

鹿家私房菜

凉面

六月后常吃凉面。

◉ **简单版凉面**

村口超市买两块钱的手擀面，开水煮熟后用凉水泡；

配菜可以是黄瓜丝加西红柿炒鸡蛋或苦瓜炒鸡蛋，或者烫青菜配豆角丁、土豆丁、胡萝卜丁、黑木耳丁、茄子丁和青椒丁，没有定式，随自己心情搭配就好。

◉ **豪华版凉面**

豪华版的面是狼亲自手擀的，配菜则在简单版基础上加了鸡丝、鸡汤、酱牛肉、牛肉汤、炸豌豆、调好的美味芝麻酱，或其他特制的调味汁。

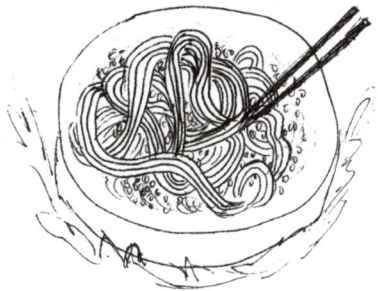

开水煮面

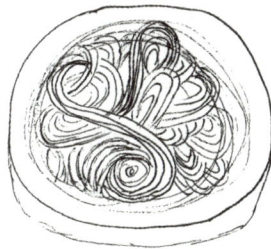

过凉水

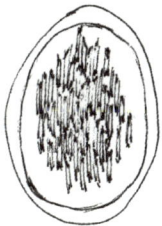

黄瓜丝

蛋炒西红柿

蒜薹

茄子

青椒

胡萝卜

炒各种丁儿

烤蔬果

烤蔬果是特别省时的一道菜，如果原料足够好，会非常好吃。

茄子、西红柿、西葫芦、胡萝卜、青椒、桃子、苹果、茭白，都可以烤着吃；

以上蔬果，切一厘米厚，平铺或者竖着码放在烤盘里，撒上海盐和大量橄榄油；

烤箱预热，用二百二十度烤二十分钟后，通常就可以吃了；

也可根据自家烤箱情况增减时间。

烤好的蔬菜，可以直接吃，也可以和生芝麻菜、生菜等一起拌成沙拉。

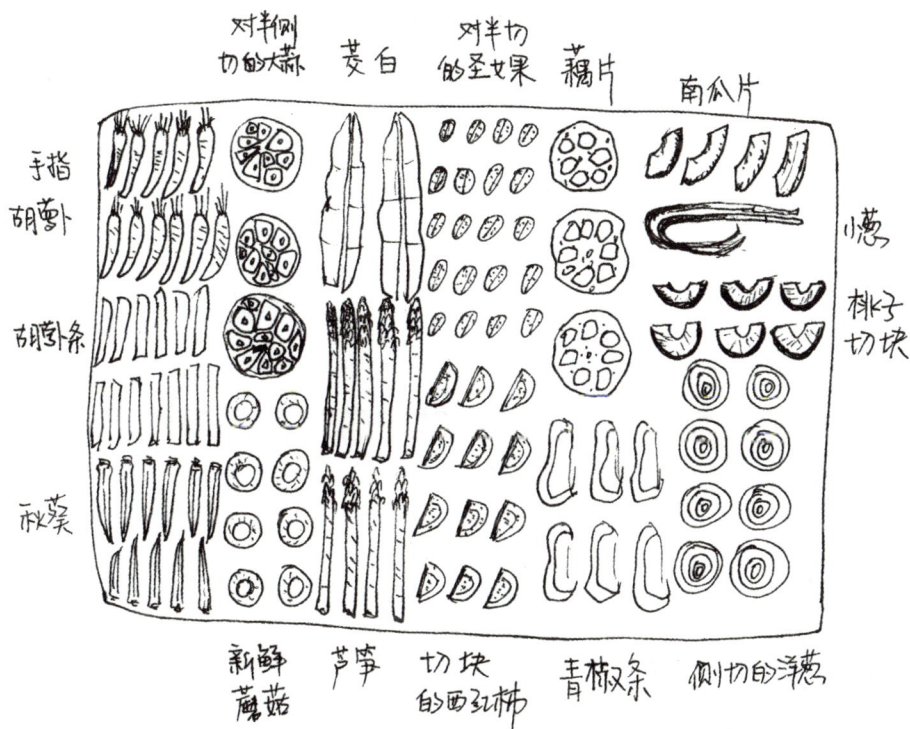

对半侧切的大蒜　茭白　对半切的圣女果　藕片　南瓜片

手指胡萝卜

胡萝卜条

秋葵

小葱

桃子切块

新鲜蘑菇　芦笋　切块的西红柿　青椒条　侧切的洋葱

一直在路上的农民工艺术家

黄鹭

今天终于有秋天的感觉了，干燥、风、蓝天，关键是凉，中午都凉！今年天气真是热，雨水又多。好在北方的土地大部分时候都是欢迎雨的，我的大白菜、萝卜，因为雨多，长得都还好，甚至第三次撒的秋菜种子也在前几天的秋雨后出芽了，秋末冬初的火锅菜有着落了！

秋天的菜园子不像夏天那样丰盛、疯狂、张扬，秋天的叶菜和根茎菜默默地生长，仿佛知道冬天我们要靠它们汲取能量，所以扎扎实实地积蓄着养分。红辣椒串起来，很村很秋天，天气好的时候，光线又美又温柔。

在这样美的秋天里，狼每天在家里画画画画，当初就佩服他能一个人完成骑行全国的计划；如今，又是一个人，一笔一笔把那些打动他的种种呈现出来。原本七月底就算画完了第一本，但是因为开篇部分是差不多三年前画的，他不太满意，于是，整个八月，他都在为一个更好的开篇努力，真是烧脑啊，一共改了六七版才定下来，打了小稿画线稿，画了线稿上色。完成的几幅不禁让我觉得，如此辛苦还是值得的，虽然作为创作者的他，总是不够满意。

我们一直睡觉比较早，最近狼经常要画到一两点，而我完全熬不了夜，有一天，我们讨论是愿意晚睡还是早起，我喜欢起早，狼说："我要熬夜，艺术家哪有早睡的？"我开玩笑说："你不一样，你是农民艺术家。"他说："不准确，我是农民工艺术家。"

这一周，他白天拿画笔，傍晚搬砖头。最近村子里家家都开始买煤了，我们一直没有煤仓，所以他要自己搭一个简易的。再简易，也要搬砖，挖地基，慢慢盖吧。我估计，开篇全部画完的时候，我们的煤房也该封顶了，也不错，有纪念意义……

我这周的大事是恢复了骑车。去年骑车摔了个左手骨折，还挺严重，过去快一年了，前天我再次骑车上路！去墨白工作室玩儿，来回四十多公里。上一次摔倒就是因为骑车时看手机导航，所以这一次很乖，没有看手机，也没有拍照留念。

说来，我时常怀念和狼蜜月骑行甘南，并不只因为嫁了个喜欢骑行的人。我本来也喜欢骑车，就像能长出西红柿，一定因为种下去的本来就是西红柿种子。以骑车的速度看风景，是

我觉得最温柔又可以和周围交流的方式。而原本喜欢独自旅行的我，在和他的骑行中，既可以保持一个人的状态——蹬车时，都是一前一后，很少说话，又可以停下来时有交流，而骑行时又是彼此的陪伴，这些都是两个人骑行的魅力所在。

接受自己的一切

黄鹭

前些天去了趟日本，和上一次去日本时常赞叹东西好吃不同，这一次会觉得，嗯不错，但没有那么惊艳了，因为，我自己种的菜味道就很好啊！只是我搞不出那么多花样而已。

这一次我更关注的是日本的乡下，我俩骑车去了京都乡下，其中大原是《京都山居生活》里所写的村子。一路骑过去都伴着香味，不过也没搞明白是什么香。正是稻子快成熟的季节，有种《关于莉莉周的一切》里的稻田既视感。还有一片稻田旁有三块网球场，隔着稻田，远远听到砰、砰的打球声，想来打球的多半就是附近的村民吧。

骑车穿过柏树林，有时左边是稻田右边是树林，有时稻田和树林在同一侧，不知道刚才说的"香味"是不是柏树的味道。狼注意到柏树靠近地面的枝干通常会被去掉很多，树林间也会砍去一些树，留出缺口，整片密密的树林就可以通过这样的方

式透气，有利于生长。经过几天的观察，我发现他们种菜也是这样的，茄子、西红柿、秋葵，把下面的叶子都摘掉，特别是已经结过果实的部分，叶子更要摘干净。由此我明白了通风良好的重要，也算是这次日本行在种植上的一大收获。

我所见到的京都乡下，比城里面还干净，不见苍蝇蚊子（当然也不见野狗，为此，热爱野性的狼同学表示不理解）。对日本比较了解的朋友说，日本的堆肥做得非常好，加上垃圾分类严格，地下水系统好，地面不积水，因此苍蝇蚊子就很少。

我们刚开始堆肥时做得也不是很彻底，嫌麻烦，后来渐渐连一个大蒜皮都尽量不丢垃圾桶，而是带到东院去埋起来。狼一直欠我一个堆肥箱，现在就是在不种菜的地方挖坑，一层厨余一层土地埋，一点儿也不招苍蝇蚊子。尽管院子被搞得不那么好看，厨余又要拎来拎去，但心里就是觉得这样挺好。在这一年种植即将告一段落的时候，我突然有一种感受：我能看到菜从哪里来，到哪里去。成长、付出能量、结束，这是一个完整的、没有增加任何负担的循环。

从日本回来，惊讶地发现佛手瓜已经爬满小半个院子，瓜秧爬到了高高的香椿树上，上面挂满了小瓜。一个去年的佛手瓜，放到发芽后，把芽露在外面种在花盆里，冬天，像养花一样养，干了浇水，多晒太阳；开春后种到地里，搭好结实的架子，除了给肥给水，也不用特别照顾；经过盛夏，瓜秧就爬满了架子，附近有什么都爬；八月时没有结果，我们刚以为吃不上了，九月就结果了，这两天更是进入了丰产期，据说长得好的话可以结二百到六百个瓜！我们这一棵少说也能结一百多个吧，目前已经连吃带送三十多个了。

我不禁感慨，这个小小的菜园子，居然提供了我们全年的蔬果。在和它越来越深入的互动中，有时也会为它的糟乱恼火，比如很容易撞一头蜘蛛网；有时不知道从何下手，比如把丝瓜和秋葵种在一起，结果丝瓜完全盖住了秋葵；也时常自责不够勤奋，比如有的菜错过时令没法种了，捉虫子不及时菜长得不好，等等等等。就像和这个世界打交道那样，有种不可把握的心境。但更多的，是感受到菜地那荒谬外表下的爱意，所有的难题和惊喜都是它的爱意，在这爱意中，我更加接受自己的一切。

因为珍惜，所以幸福

黄鹭

北京的秋天，怎么享受都不够，虽然我最爱冬天，但论最舒服的时节，还得是秋天。

傍晚忍不住要去村边走走。只要出门就可以多知道一些村里的事，比如大家去后山给烈士墓碑献花啦，连坐轮椅的大叔都自己转着轮椅往山上去；比如村口篮球场有庆祝的联谊赛啦……小路上遇到从邻村朋友家回来的房东王大哥，带了一袋子大枣，我和狼一人抓了一把，一边溜达一边吃。

上周末去了好邻居耀扬的乡舍。他夫人小羊说买了个大的做海鲜饭的锅，约我们去玩儿。我大概想象了一下大的锅能有多大，可还是没想到竟是直径一米三、可以给一百个人做海鲜饭的大！锅！西班牙运来的！他们对外承接活动，刚在北京国际设计周的媒体招待 party 上给一百个人做了海鲜饭。一开始我还担心，这么大的锅，做的海鲜饭能好吃吗？结果太棒了！

140

而且氛围真的很好！活动当天有无人机航拍，有人看了说，是给海鲜饭撒调料吗？哈哈！

中秋佳节，晚上在细毛家小聚，品尝了各种月饼。大大的是云南个旧的月饼，还有自己做的小怪物一样的月饼，非常好吃！

很喜欢耀扬的中秋祝词：

生活有时如暗黑夜行，祝大家心里常挂一轮明月。

我家的画风就是另外一个样了：

狼："快上来看月亮。"
鹿："那么高，我才不要上去，在下面看就挺好。"
狼："哇，房顶上信号太好了！"
鹿："快拉我一把。"

据说明天降温，再有一个月就要烧煤取暖了！在乡下过完整个四季，感受更细密，情绪也更多。地里的西红柿还在很少很慢地结果，那天摘完了忍不住生吃一个，夏天觉得不算什么的事儿，此刻觉得好奢侈，因为珍惜，所以幸福。

仲秋，简单，丰盛，美好！

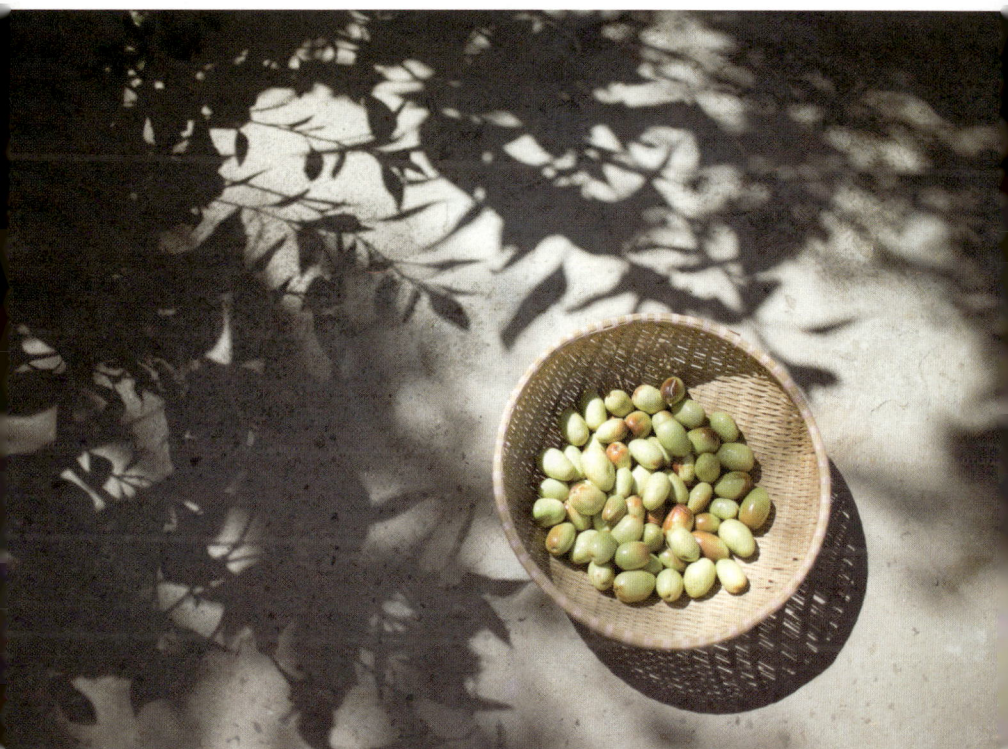

告别十月

告别十月，最爱的冬天不是我盼来的，但它终于来了。

天凉之后，每天都起得很晚，竟然连续几天睡到九点，于是每天只吃两顿饭。狼生日那天的第二顿，我做了羊肉臊子面。偷懒，面是买的，臊子还不错，放了羊肉、胡萝卜、土豆、毛豆、青西红柿、笋干儿。狼一边吃面一边说："三十八，顶呱呱。"我灵机一动，接上："三十九，啥都有。"我马上三十九了。狼表示："嗯，接得不错。"

睡个懒觉起来，遇到超级好的天气，让收白菜成为一件更加身心喜悦的事（当然一共也没有几棵）。拔出来，砍掉根，拍照还没拍够，就收完了。我说小时候家里买几百斤大白菜，白天都要晒的，晚上还得收起来盖上。狼说不记得了，我们搜了一下，的确是这样的，所以也晒了起来，同时把很小的挑出来，准备腌酸菜。

今年先腌一小缸。洗好白菜，晒干表面水分，一层白菜一层盐和花椒（花椒不必需，看个人口味）。被挑出来准备腌酸菜的白菜看着有点儿惨，好小，我们今年的白菜的确种得不好，不大，很多没有包芯。我自己总结，初期肥和水不够；没有及时捉虫子，菜青虫吃菜芯太厉害；没有用绳子捆（这个我倒是觉得不必要）。狼说，村里白菜种得好的也不多，前几天见别人买白菜时也在抱怨今年的菜怎么这么小。

今年想冬天能吃到些绿叶菜，于是给过冬的菠菜搭了个小棚子。这种过冬的菠菜，可以扛到零下五度，其实打了霜的更好吃。低过零下五度，那就真不行了。但是，第二年开春，它们还会发出新叶，是最早可以吃到的菜，比野菜野草都早呢！

总有一些错过的

黄鹭

近一个月，三次出差南方，虽然每次最多一周，心里想着尽可能安排紧一些，早点儿回来，可秋天的风景，基本还是错过了。

去年冬天过得有点儿冷，想好了今年要给房子做保温，装个壁炉。没有太阳时，室内阴冷，烧壁炉会很管用，所以这天，我们把这个温暖的区域收拾出来了：墙上是我和狼都很喜欢的画家"巍"的画。装好壁炉没两日，我又出差，告别自己的村庄，去往皖南的村庄。

再回来，出火车站，迎来北京今年的初雪，有点儿恍惚，怎么就下雪了？

回来东院，有一点儿伤感，不只因为季节变换，更多是觉得没有好好照顾自己的院子。虽然是一年一租的院子，不知道是不是因为有土地，就觉得特别要好好照料，可我做得总是不

148

太好，出去玩儿的欲望，工作原因的离开，还有懒惰。未来是否会更努力，实现更好的平衡呢？明天要去的一个新品发布会，名字也是"平衡"，大概大家都在寻找，真的可以找到吗？

狼今年几乎没有离开北京，除了要画画，也是因为院子离不开人。每次我说："我们去个哪里吧！"狼就会问我："那院子怎么办？"我总是有点儿气，但也觉得他问得很好，是要对拥有的东西珍惜和负责。趁现在地里活儿不多了，狼爸可以帮忙照顾我们的院子，狼才肯一起去学拳，再旅行几天。

在台湾时，我和狼还在微信上好好地吵了一架，吵架的时候会有各种情绪，生气、委屈、混沌，但是，过后心里明白，这样的过程，能让我们更多看见彼此，重要且有效。你来我往，才知道哪些自己要调整，哪些只能忍耐。

看见，是很重要的。比如我没有看见秋天，如今一下到了冬天，就会有一些迷糊：不知该穿什么好，总得适应两天。即使下了飞机套上羽绒服就可以了，但那是脑子根据常识安排的，而不是身体的记忆，只有通过身体的看见去增减衣物，才最安心、最踏实。不知道这样描述是不是有一些矫情，只是越来越觉得，看见，看见人，看见事物，单单这个行为，就特别重要。

又想起一件又好气又好笑的事来。出差时，有一天狼突然跟我说：窗台上晾的枣子一颗不剩，都没有了！院子里的黑枣树，我们在树下堆了肥（挖了坑，把树叶、菜秧子都埋进去），今年可是大丰收，光捡地上掉的已经比去年收的多。狼百忙中摘了很多很多，晒在窗台上，因为黑枣要晒黑了才不涩。开始晒在屋子里，拿到外面时我想，不会被鸟吃吧？转念一想，吃就吃吧，鸟能吃几个？结果，没有想到！一天一夜后，就一颗不剩了！只有果蒂儿都给留下了，由此确定，是鸟干的。

准备进入肃静的冬季了，猫冬，静修，安。

冬日看山

白关

早上在被窝里睁眼，准备来个回笼觉。拿起手机看看几点，突然在朋友圈里发现下雪了，赶紧一骨碌爬起来，脸也没洗就跑出了门。

西院出门右转，一条胡同儿，正对北方就是即使雾霾天都影影绰绰可以看见的山脉。赶上天气好，都能瞅见山上修路的挖掘机。我只看到过一次，等到第二个好天气的时候，路已经修好了。据说这是村里要开发浅山旅游区，对此我也挺困惑，不知道这个秃山有啥好开发的。

每次有人问我为啥不继续在上海那样的城市待着，我总会回答："因为看不见山。"自从搬到乡下，离山那么近，却没爬过几次，通常只是远远看一看——弯弯的弧线勾勒在眼前，就很心安。春天的时候，一位老友来看我，走在胡同儿里和我说这里感觉特别像我的老家。二十多年前，他去过我老家的旧宅，也是一排排平房，远处就是阴山山脉。经他这么一说，我才突然意识到，真有点儿像。

雪下得不大，太阳照射的地方随下随化，斑斑驳驳，感觉萧瑟冷寂。我和路路却最喜欢这样的景致，大概因为都是冬天前后出生的吧。

王大哥看见我们今年搭了户外水泥灶台，很担心地说冬天下雪会冻酥。为防万一，要把台面上的雪扫掉。背阴处已经上冻了，只好用铲子一层层地铲下冰来，还挺爽的。活儿干完，雪停，出太阳了。阳光一照，就想好了中午要吃啥。走到小卖部发现没带钱包，便在我们"大槐树购物中心"八十年代的柜台上，扫了一下微信支付的二维码，三块钱买了一把切面。从"购物中心"出来，我又羡慕了一下大槐树，几百年地站在这里，不知道看过多少稀罕事。

厨房被阳光填满，实在太适合做焖面。路路老抱怨说她一不在家，我就做好吃的。所以这次买了三块钱的面，可以做一大锅，等她回来，还能吃上。我得强调一下，小时候吃过最好吃的焖面，总是上一顿剩下的。

吃面的时候，听见化雪从屋檐上滴落。最近发生的一些事也是这样，艰难是真艰难，等到化了的时候，也会很轻松吧！

第一场雪下完那天降温，咔嚓一下就是另一番天地。路路一踏出从上海回来的火车车厢，就激动地发了一条语音："啊！踏出车门的那一刻，太爽了。"我问她是不是像喝了一口二锅头，她说："有一种突然瘦了的感觉。"很好，冬天正式来了，可以每天出去喝一口"瘦了的感觉"。

　　早上到大槐树下买豆腐。买到了第一刀，这在住下来后还是头一次，豆腐大哥的车停在早上的一缕阳光里，车上流下来的汁水，已经在阴影里结成一道冰。而切下来的豆腐，依然冒着热气。豆腐大哥长年累月来卖豆腐，通常就在大槐树下站一个小时，然后去别的村。他不玩儿手机，也不听音乐，偶尔会和晒太阳的村民聊聊天，总是一脸笑嘻嘻，让人觉得他做出来的豆腐都会比较快乐。

　　午饭就是白菜炖豆腐，通常都是我在书桌前画画，路路在厨房里忙活。今年白菜种得不好，但因为是自己种的，还是稀罕得不行。就那么几棵，我俩倒腾过来倒腾过去，一会儿怕冻了，一会儿又怕捂了，最后放在东院屋里，盖一层塑料布，每次吃就去拿一棵。

　　北京一降温，天气就好得像跟谁赌气似的，阳光一点儿不吝啬地往屋里照。吃了一顿被阳光照过的白菜豆腐，我俩觉得得去爬一下后山啊！赶紧约了邻居彭德勒两口子，兴冲冲奔后山去。彭德勒也喜欢爬山，他说看见山顶上有个亭子之类的，就特别想上去看看。

到山口，远远见有两个戴红袖箍的人守着，心凉半截。最后果然被拦下，冬季防火封山了，说什么也不让上。只在门口拍了两张照片，就退出来。这时太阳西垂，眼看也不可能有时间上山，只好在山口铁路旁，享受了一下冬日夕阳的壮丽。

白菜炖豆腐

冬天里深爱的一道菜，每次都吃得特别满足。

白菜豪放地切大块，热油加葱姜起锅，放入偏肥的猪肉片；

肉片炒到发白后，倒入白菜翻炒，炒至略软时加切块的豆腐，翻炒两下；

之后小火炖，白菜出汤多不会干锅；

加盐调味，也可加一点儿日本鲣鱼酱油这类偏甜口的酱油；

炖到白菜舒服瘫软没了魂，口感就刚刚好；

不加肉也很好吃。

土豆焖面

我们常吃的是狼老家以土豆为特色的焖面。

除了土豆，还可以加胡萝卜、豆角、圆白菜等，加其他荤菜也可以；

热油加葱姜蒜起锅后，分别倒入配菜炒；

炒香后加水盖过菜，再铺上手擀面；

大火开锅五分钟后转小火，焖十分钟；

观察到水烧干了，就可以关火；

用锅铲拌面，已经熟透了的土豆包裹住面条，口感很好；

吃焖面常配生蒜或者醋蒜。如果没有吃完，第二顿直接泡热水就很好吃。

幸福的壁炉

黄鹭

这个冬天，经常会情不自禁地说："好暖和啊，好幸福啊！"还记得去年冬天，因为比较冷，我们就计划今年给房子做保温层，再加一个壁炉。

壁炉真的起了大作用，有了它，可以发面、煮粥、烤馒头，还可以烤白果、棉花糖、煎饼……我还准备试一试烤鱼。烧壁炉还有一个好处是，果木树根燃烧后的草木灰可以存起来，待明年做地里的肥料。

狼说，他小学时就是班里负责生炉子的。一大早从家里带一个冻得硬邦邦的馒头到学校，把炉子生起来，把馒头烤起来。

我们的厨房朝南，白天阳光好的时候可以不生壁炉；午后，太阳落去，生起壁炉，整个屋子都暖暖的。睡前把火封住，慢慢烧，余温足够暖到第二天早上。

有壁炉的屋子，自然成了我们的主要活动场所，狼在桌上画画，我在一边看书、发呆、吃吃喝喝或叽叽歪歪。为了充分利用热量，我们把餐桌从厨房搬到这里，三餐做好了都端过来吃，晚上还不时看个电影。"壁炉屋"的隔壁是我们的卧室，壁炉的烟囱是经过卧室再通到室外的，所以，卧室也会热起来。晚上，我们还会把相通的门打开，让热气更多地进去，就可以钻入一个暖和的被窝。和去年比起来，今年冬天的生活品质高了太多，脚几乎没有凉过。

狼不能烤太久火，容易上火，所以他常在离壁炉远一点儿的地方画画，做他的事情。我则特别需要火，几乎成天守着壁炉，小脸每天都烤得红红的。很多次，在两个人各干其事的安静中，在炉火的温暖中，都感觉太幸福了。虽然我们并不是事事顺利，也间杂着有一些坏情绪，但仍然会觉得不管怎样，现在就很好，更何况还有努力的方向和斗志。

点壁炉

停电的土拨鼠

晚上突然停电了。我正一边听歌，一边画一只土拨鼠，灯一闪一灭，屋里整个黑了下来，只留下笔记本像一扇悬空开着的发光的门。"该不会又没电费了吧？"赶紧站在椅子上，扒后窗户看了一眼王大哥家，也是黑漆漆一片。就是停电这种事，有人做伴，也会顿觉安慰很多。外面刮了一天的风，到现在还声势未减，估计是哪里的线路出问题了。

今年冬天，又有几位相熟的朋友陆续搬到了乡下。每个人的机缘不同，但搬到乡下之后面临的状况却都差不多。前几天去燕子家庆祝她乔迁，听她聊到过程中的各种折磨，其中一次就是遇到停电，大晚上的，黑漆漆冷冰冰，那一刻，她很崩溃，不知道自己为什么要到这里来……她一边说一边把刚快递来的素鸡切好放油锅里。屋里暖烘烘的，黄色灯光下，餐桌已经摆好几道菜。朋友们陆续落座，赞叹着她自己设计的小空间，举杯祝贺。那真是特别特别高兴的一个夜晚。

路路出差刚走，我给她发了个信息，告诉她家里停电。好像她每次一出差，家里就得出点儿状况。上一次村里检修电路，电一会儿停一会儿来，西院冰箱被激坏了。正值夏天，我把西院冰箱里的东西全倒腾出来往东院运，幸好东院还有一个小冰箱，但是也只能拯救一点儿。为了减少浪费，剩下的很多东西，都只好一个人拼命消化：冻酸菜冻豆腐冻茄子……为了反复吃这几样食材还能下咽，我也是没少花工夫。她回来问："这一个星期都干吗了？"我："挺忙的……"

没有了灯光，突然发现月光很亮。走出大门，月光下可以看到家家户户走出来的人影。大家交流着停电的原因，胡同儿北面站着的几个大婶正在商讨能不能把牌局搬到车里继续进行。想起小时候，镇上经常会停电，以至大家都习以为常。每次停电，就是邻居间"社交"的时候，大人们聚到一起，抱怨一下电力局，我们小孩子就可以乘机不写作业，跑去找小伙伴。

大门口站了一会儿，冷。赶紧回屋。去锅炉房添了几块煤，暗自庆幸我家用的不是电暖。不过北京这两年正在大力整顿农村取暖，周围好多村子都已经煤改电，我们村也是早晚的事，到时候对电会更加依赖吧！以后大家都没有储备煤，冬天停电一周，难以想象会出现什么状况。要不我现在就省几块存着吧，

虽然以后未必有机会用，但是如果有小朋友，还是可以拿出来炫耀一下的，看看，这个就是煤哦，别看黑乎乎硬邦邦像块石头，但是会着火呢。

找到了两根蜡烛，只剩点儿底儿，还好点起来能看见椅子在哪儿。画也画不成了，坐下来看手机，又意识到无线网也没了，手机还是 3G 网络，电量百分之二十，只好扔一边儿，对着窗外夜空想象几个矫健的小伙儿，正在某处的电线杆上挥舞着扳手。这次停电时间挺长，半个小时过去，还没有来电的迹象。月亮此时正好停在天窗上方，几格月光印在地板上，银灰色，真的像霜一样。

其实家里还有一个应急灯，而且是大电量那种。但没什么着急的事，我也懒得去拿，就看着橘红的烛光，想象矫健的小伙儿们，应该还没找到出问题的线路吧？又给路路发信息，说我要开始思考人生了。从哪儿开始思考呢？也不知道这电啥时候来。万一停一晚……我又想到了冰箱。夏天冻的西红柿、茄子、玉米、荔枝……刚烤的面包、刚买来的肉……满满一冰箱，好在这是冬天。实在不行还可以冻到外面去。一想到不用拼命吃这些东西，就高兴起来。

电突然来了。

灯光大亮，站起来吹灭了局促的蜡烛，又坐到桌子前，把那只土拨鼠画完。

内疚的锅炉

白关

最近几天雾霾猖獗，早上想出去跑跑步，走到门口被呛了一鼻子，又退了回来。打开朋友圈，也都在各种吐槽。有天进城，看见地铁里换了新的灯箱广告，画面里有一美女在奔跑，戴着个类似防毒面具的口罩，还有根管子连接着胳膊上的方盒子机关……广告词是"无畏放肆呼吸"。这不就是我小时候看到的科幻画面吗？没想到居然成了现实的情形。

我们村周围好像没有什么大型工厂，也看不见那种突突冒黑烟的大烟囱。政府治理空气的措施也已经逐渐蔓延到各村各户，比如天天在广播里喊"村里严禁焚烧垃圾"，村委会增加了一辆电瓶巡逻车，大爷每天开着转悠，应该还是有些作用的。

治理力度最大的，就是控制燃煤。附近好几个村子都陆陆续续完成了煤改电，有一个表格列着哪些村子在什么时间要完成这个任务，我们村好像比较靠后，但听王大哥说，最迟两年

170

内也得改。因为怕电的还没装好，煤就买不到了，今年还特意提前买了好几吨煤存着，果然到了冬天，往年开车来卖煤的就再也没看到过。

我经历过从铁炉子升级到暖气的时代。小时候都是烧煤取暖的，上小学时，每一间教室中间都会有一个铁炉子，炉子上坐一壶水，如果开了，就斜放在一边，水蒸气氤氲弥漫，老师拿着课本来回走，让我们背诵"千山鸟飞绝，万径人踪灭"。不记得为什么，我就成了班上负责点炉子的。老师给了我一把钥匙，除了班长，我是班里唯一一个有钥匙的同学，当时应该挺自豪吧，反正记得屁颠颠地去得很勤，每天最早一个到校，打开门，把炉子点起来，掏出馒头烤上。等同学陆陆续续到齐，馒头也吃完了，教室里也暖和了。后来，为了能尽快把炉子点起来，学校里流行起一个办法，就是每个班负责炉子的男生会用油漆桶做一个小炉子，从家取一些烧红的煤放在里面，再放几块生煤在上面，从家拎到学校。天光还未亮的马路上，远远就能看到一团画着圈的火在移动，那是我们正把手里的炉子甩起来，让它快点着。寒风瑟瑟的路途上，还可以停下来烤烤手。到了教室，小炉子里的煤块已经烧得通红，统统倒进大铁炉里，再加几块煤，很快就着了。记得我不光烤馒头，有一次把女同学的橡皮也烤了。

中学时，学校和家里几乎同时换了暖气，虽然还是要烧煤，但已经不用那么麻烦。后来离家求学，就差不多十几年没再烧过炉子。一直到如今又住回乡下，重新拿起火铲。我的小学老师如果批评一个学生，就会说："你以后烧锅炉都没人要。"现在的情况是，有朋友来，路路就会得意地和人家说，他小时候就是负责给班里烧锅炉的。也是源远流长。

有一次，路路在微博上发了我烧锅炉运煤的伟岸身姿，她一香港的粉丝，留言指责我们居然还要烧煤，难怪雾霾肆虐。我看了很不好意思，决定不烧了。停了半天，我俩鼻涕就冻得流出来，一想，人活着还是得脸皮厚点儿，管他呢。后来我去了一回香港，发现他们所有商场的冷气都开得要冻出鼻涕，哼，浪费电难道就不会造成污染吗？于是罪恶感就被抵消了不少。但是直到现在，我每次添煤还是会不好意思，扔里一块就担心：啊，万一地球上的煤被我烧完可咋办？能量守恒定律有用吗？应该不用等到煤要烧完的时候，我们就可以成熟使用别的能源了吧？听说土卫六上有好几个太平洋那么大的天然气储量，以后说不定也可以拿来烧锅炉……这么想着，不一会儿炉子就满了。

雾霾一严重，各种声讨的文章也大量出现。昨天就看到一篇《雾霾的真相——一个环保部门公务员的稽首自白》。里面

说，有的工业城市，一天就要烧掉几十万吨煤，老百姓那点儿连零头都算不上，真是太可怕了。看了全文，觉得这个问题很复杂，那些企业家偷排的时候应该也会不好意思吧，到最后差不多也是脸皮一厚就挺过去了，反正天塌下来，也不用你一个人顶。想起了徐乡愁的诗句"活着就是人类的帮凶"。

　　说这些，都太空洞。现在这果，也是当初我们每个人努力种出来的。好在我是个盲目乐观者，觉得此一时彼一时，这个阶段过去，就一定会治理好。到那时候，我也会愉快地放下火铲。毕竟，烧锅炉其实还挺麻烦的。

礼物

这天天气极好，我进城工作，四点钟在公交车上看着落日下的风景回乡。正美着，送钢琴的电话响了，等我到家，钢琴已经在那里。我弹了唯一还能记起来的曲子，狠兴奋地乱弹一气。晚饭后我俩歪在沙发上，看着这个房间：在此刻，有了壁炉，有了钢琴，对我来说，好知足，也好像已经这样很久了。

这台钢琴其实是我们的结婚礼物，几位好朋友当时联名送给我一张卡片，写着"你买琴，我付钱。"珍藏这张礼物卡一年多，再不兑现我都不好意思兑现了，终于在一家二手琴行，选中一台雅马哈钢琴，第二天，我发信息给这几位朋友："这大雾霾天儿的，要去年的红包好讨厌啊！"第三天，钢琴送到乡下了。

我突然想随便弹弹，五岁学琴，到十三四岁，长这么大，都是弹传统的哈农、练习曲、各种经典，始终都是看谱子弹，从来从来没有自由地瞎弹过。不能即兴一直是我的一个心结，

有时候看看现在的琴童，只练习考级的曲目，那真的和音乐已经没有多大关系了。昨天我就随便弹了，左手走和弦，右手顺遂心里的旋律，我自己被整出一身鸡皮疙瘩。也许那算不上是音乐，又短又没有被记住，但我感到它的流淌，美妙极了！那是表达自己的作品才会有的能量流动。

说完琴，来说说我们家的另一个新玩意儿。上周狼独自在家，自己玩儿得很嗨，网上买了一些工具，如愿以偿做起手工来。

过去的这个春天，我们收获了很多葫芦。狼把葫芦处理了，又做了艺术加工，我一回来，就看到了葫芦礼物。是个星空香炉，星空里有各种星座，底座上是我的星座"大水瓶"。

葫芦创作遇到圣诞节，变成了圣诞葫芦，葫芦，葫芦，祝大家福禄！

无所事事的味道

　　这个冬天，因为有了壁炉，真是十分温暖。一月的天气一直很好，作为一个原本就热爱冬天的人，乡下生活让我感受到更多冬天的好。冬天的村子那个静，深深沉沉的，静得迷人。村子里没有盖房子，没有聊大天儿，没有昆虫的叫，只有偶尔的狗吠，村边小树林里没有树叶的枝丫，没有绿色的远山，仿佛空间一下更大了，对，冬天让我感觉空间更大了。

　　刚进入猫冬状态时，早上一睁眼，都先恍惚一下：啊！是不是要去地里干什么活儿？确认了现在是冬天，地里没有活儿，立马觉得好幸福啊，冬天再长一点儿吧。可转眼冬天已经过半，今天下午村里走走，风明显有了暖意，心里百般不舍，但也被那风吹得舒服，想：嗯，自然而然地来好了。

　　猫着冬，发现存货（白菜、萝卜、土豆、酸菜、各种菜干儿，冻的茄子、豆角、西红柿、苦瓜、秋葵）真的是吃到四月，甚至五月地里再长出新的菜来都没有问题。

大降温前一天，约了朋友来家里。冬天很少约人来，屋里没有城里楼房暖和，地方又比较小，好在冬天挤一挤还是挺开心的。

住到乡下后，对我来说，每一个冬日，都充满了无所事事的味道，叫人喜欢。

过年就是过个折腾劲儿

白关

这几天一直在大扫除，还请了王大姐帮忙。王大姐是旁边村的，干活儿很利落。她还推荐了几样工具，可以免去不少登高爬低的工序。不过王大姐和我差不多，来去如一阵狂风，面儿上吹得一尘不染，犄角旮旯儿原封未动。打扫完，路路一看，挺好啊！老婆大人都满意了，我肯定乐得二郎腿一跷刷手机去了。平时倒也皆大欢喜，但是这次不行了，因为这次我妈要来过年。

简单分了一下工，我负责高处，天花板、墙、灯之类的。王大姐负责低处，桌椅、板凳、地面、玻璃。路路游击作战，跟在王大姐后面，把她"吹"不到的重新抠一下细节。还刷了好几个黑了几年的锅。最后检查一下，哎呀！打住下来就没这么干净过。可惜距离老娘来还有好几天，我都不想在家住了，怕又弄脏。不过看着锅炉房那黄了两年的天花板露出青白底色，

182

整个亮堂了很多，心情还是很不错的。

自己种的白菜基本吃完了，想着过年父母要来，还需要不少，就去了一次镇上菜市场。买了白菜萝卜土豆大葱，也算是办了年货。新邻居易筱给我们讲她奶奶的故事：奶奶岁数已经很大了，但是还很能干，在湖南老家，一个人守着一座山，种菜养鱼洗衣做饭，还会做各种小吃。亲朋好友都劝她别这么操劳了，颐养天年多好。她奶奶就问："那吃菜怎么办？""去菜场买呗！""那太丢人啦。农村人，还去买菜。"奶奶朴实认真的情景如在眼前。我们种了两年菜，在这方面也深有体会。不一样的是，我们脸皮厚。去了菜市场，一块五一斤的白菜，大声喊："给我来两棵！"

买来白菜，又炖了一次豆腐，这次有个新发现，和路路探讨："你知道这个白菜和我们自己种的白菜最大差别在哪里吗？""没我们的好吃？"不是，我们的白菜，三棵吃一顿，买的白菜，一棵可以吃三顿呢！"其实最后我俩三顿也没吃完。

简单刻了窗花，还约了一些朋友到家里来刻窗花聚会。也不用送了，谁刻的谁带走。出乎意料的是那天还下了一场雪。孩子们跑外面玩儿一会儿雪，再进屋玩儿一会儿剪子。大家各自选了喜欢的图案，一边刻一边吃完好几个蛋糕。这次有几位真正的高手，自己设计了图案，刻出来，都很惊喜。

这几天快递也多，网店置办的年货、朋友寄来的新年礼物、我们给朋友寄的礼物……每天都要跑一两趟村口。昨晚降温，去超市取快递，老板愁眉苦脸，说风太大，把他家的招牌布吹飞了。我一看，可不，只剩下一个空架子，便赶紧安慰他："新年啦，这是让你换新的呢！""也是也是，该换了。"

每年都是这样，集中几天，有干不完的活儿。印象里看春晚的时候，我妈手里都会拎块抹布，随时看哪儿有灰就擦一擦。待十二点钟声一过，就一下轻松了，仿佛看见年这个家伙出门远去。接下来就开始吃吃喝喝，满地扔瓜子皮。年前这样折腾一番，还挺盼着新年钟声响的那一刻。也有过在外面过年的经历，啥也不用干，也没啥可盼的。

回想过去这一年，步履凌乱地走过来，留下那么多脚印。好像每一趟，都挺曲折的。给我一个直线到达，还真不想要。这就是所谓"最好的安排"吧。只有我们的菜地，种瓜得瓜，种豆得豆；没种的空地，有时候还蹦出一两个果实，惊喜连连。

有一次和路路去一个工作坊体验，老师让大家写一个愿望，我写的是"笃定"。新一年，继续把自己想做的事情，满怀激情地做下去。

勤耕两亩三分地
勇闯十万八千里

白关

　　住乡下以后，觉得每年的对联还是挺重要的，好像只有自己写出来的，才对劲。重新拾起这些曾经不明所以的习俗，自然得连自己都不曾细想。窗花往玻璃上一贴，苍凉冷寂的冬天顿时就有了一点儿活跃的气氛。而且过不久，就真是春天啦！就像一个剪辑完美的预告片，贴出来，一年之计就有了好兆头。

　　写对联也是。而作为一个认了字、会组词造句的人，这真是个难得炫耀的机会啊！写好一副，家人夸："明年村里要是找来写对联的人多，干脆村口摆个摊儿算啦。"

　　有一次，村里几位村委会大爷到我们东院外面清理杂物，其中一位看见我就问："这家大门上的对联，是你写的吗？"我说是，"那词儿呢？""词儿是老婆编的。""哎呀！词儿写得真好，我每年都会记下来。"说完大爷把我们前一年的背诵了一遍。今年我决定好好想点儿词儿，大爷还等着记呢。

186

路路说，干脆咱俩把今年的对联提前想一想吧！我说好，两眼看着天花板，开始搜肠刮肚。"浇水施肥种菜地，吃饭睡觉刷手机"你觉得咋样？嘿！不错，直白的挺适合咱俩，也够写实。就是不太适合贴大门上。"勤耕两亩三分地，勇闯十万八千里"怎么样？东院的两副对联就这么快又被老婆拿下了。当然，为了我叙述省事，更为了凸显女主人的才华，中间省略了一些细节。

东院的对联都比较下功夫，西院的就稀里马虎，差不多就行，也为了和村里平均水平保持个大概其。通常就选一些普通的吉祥话，都是套路。路路没啥兴致，就剩给我，也算个安慰，我给自己家写的是"天蓝云白青山暖，饭香梦甜春日醉"；给王大哥家写的是"雄鸡喔喔迎春到，鸽哨阵阵送福来"，王大哥养鸽子，应该没问题；剩下几副，富贵吉祥平安如意，不会错。

大超市买了鱼虾水果，年夜饭有着落了，还送走一场高烧。对联贴起来，烟花一放，再好的年不都是这样过。

刻一张窗花，春天就来了

黄鹭

立春这一天，贴窗花和对联，再放上一挂鞭炮。

午休后开始熬糨糊，面和水一起，熬熬熬。据说以前小朋友会一边熬一边偷吃。贴好西院，东院的老屋自然也要换上对联和窗花。除了大门，给卫生间也贴了倒福，给柴房贴了财神。看着去年好亲切的对联，愉快地告别吧，这就是辞旧迎新啊！

立春日得吃点儿好的。大肉吃不动，想起来还有两条鱼，前日跟耀扬学了用空气炸锅做黄花鱼，就是把煎鱼的步骤改由空气炸锅完成。黄花鱼收拾干净，擦干后两面刷油，空气炸锅二百度六分钟，鱼就算做好了，耀扬做的是红烧，我想到家里有狼爸晒的梅干菜（用雪里蕻腌的），就做了梅干菜烧黄鱼，很好吃！

另外又翻出一袋鱼，是很久以前订的宁波的海鱼，想起冰箱里还有很多冻的小西红柿，于是西红柿炖鱼，味道也不错！

冻西红柿适合炖菜或者做汤，炒的话水太多。最后还炒了盘腊肉豆角，用的是焯过后冻起来的豆角，我个人不太喜欢，觉得口感不太好，豆角还是要晒，不冻着吃了。

马上就要过春节了，这几天村里的小朋友手里都拿着摔炮，一边走一边摔，玩儿得很起劲，好像根本不会觉得乏味。想起小时候盼过年又怕过年，因为年前要干很多活儿，大扫除、做吃的、贴对联……新衣服放在那里也不让穿，必须等过了除夕，这才欢天喜地得解放，活儿也不用干了，新衣服也可以穿，想吃几块糖就吃几块。

年前干的那些活儿里，比较喜欢的，就是剪纸和写对联。其实过年的很多乐趣，都是在准备上，做一些手工，更加觉得这个年丰满和有趣。于是向来对过年没有什么热情的我，也开始被狼带着写对联、剪窗花、熬糨糊，渐渐找到点儿过年的感觉。虽然是自然而然地顺应人生的转变，却也会感到一些意外，一种体会到暖的、心里很欢迎的、对未来更有斗志的、值得珍惜和感激的意外。

顺应人生，顺应四季，自然而然地转变，舍不得冬天也要迎接春天的到来，想着冬天算是好好地懒过了，就抖擞精神，走进春天里吧。

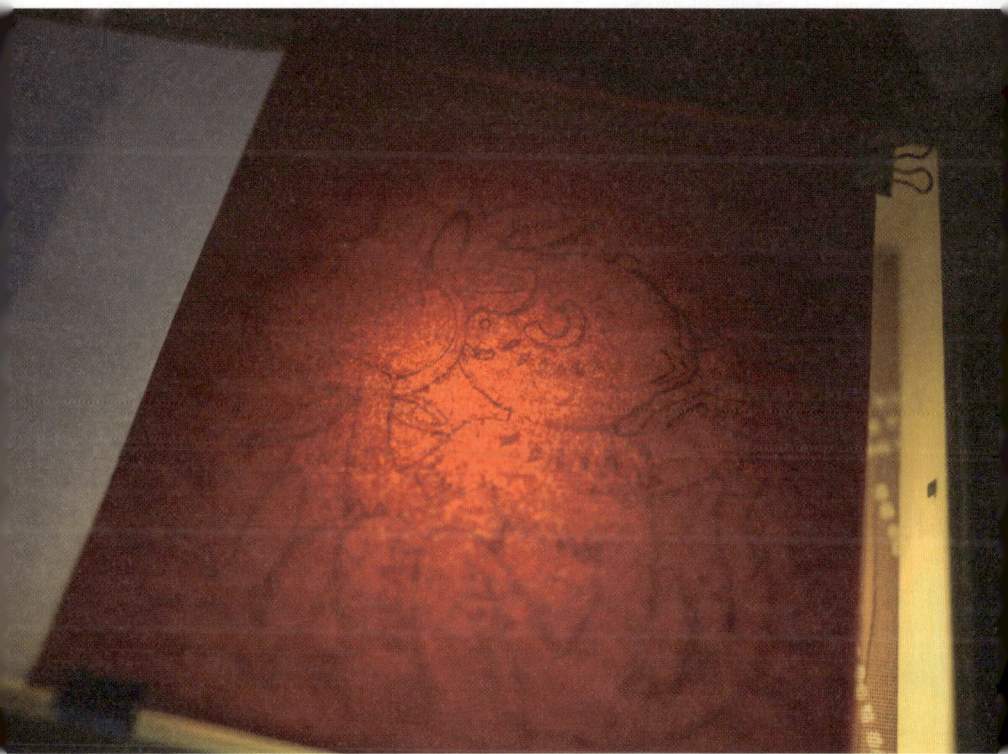

和春天一起来的，
是想做的很多很多事

白关

　　年前和父母说，来北京过年吧，人少，高速免费，估计天气也会不错。到时候带你们好好玩儿几天。年三十到初八，连雾霾都回家过年了，天一直蓝得哈欠都没打。而我们一家人躺屋里，这个病完那个病，一直等到高速重又开始收费了，才陆续痊愈。

　　哪儿也没去，反而觉得年过得更快。三十那天，按照我们老家习俗，要点一堆火，叫笼旺火，驱邪气祭祖接神，预示来年顺利红火。这应该是受游牧民族影响吧，每家点一堆火，欢呼一阵，很有气氛。我们刚好有去年剩下的很多菜蔓、树叶，扫成一堆，点着，大火就冲出一人高，吓得我赶紧掏手机拍照。火烧完，一堆灰，正好做春肥。十二点钟声敲响时，一个人骑车转了一圈村里的胡同儿，四周焰火升腾，房子、电线、树枝和我自己骑行的影子，相互交织，在水泥路面上不停闪烁。那

194

一刻，有种奇妙的感受，好像从一个遥远的时间回来，看见自己在这个地方骑车，不知道他为什么在这里。一切都出乎意料，又那么真实，这个普通村庄，在除夕夜晚，对我展现了一次前所未有的震撼。

立春的时候，我爸说那些生长期长的菜该育苗了。"那个老茄子籽还有没有？那品种不错。""有啊！我都放到东院仓库，所有种子放在一个纸盒里，可整齐了。""放在东院，那不遭耗子嗑了？""放心，我们住过来这么多年，都没见过半只耗子。"带我爸去东院，纸箱找出来，整个都快成了耗子窝。一团糟，大多数袋子被嗑烂，碎纸屑积在角落，小心抖一抖，很担心会窜出个小耗子。老茄子籽找到了，袋子上几个大窟窿，种子撒在箱底，只剩下壳。我爸清理一遍，老茄子籽还剩十二颗，开春育下去，如果能成活一半，也够我俩吃啦。最重要的是还可以留种，没绝。

秋天收了好多佛手瓜，栽花盆里几个，发芽了。我们觉得挺不错，基本掌握了自然和作物的规律。结果我爸一看，说这些佛手瓜够呛。因为我们是直着种下去，怕芽被埋起来，特地露出一大截。屋里养了三个月，一点儿根都没扎下去。我爸赶紧抢救一番，刨出来，又斜着种进去，只几天工夫，那个小小的芽接触到了泥土，就发了很多白嫩嫩的根，但毕竟耽搁了几个月，能不能成功就要等到八个月以后才能见分晓啦。又长知识了："佛手瓜，斜着插。"

初九，抓住一个罕见好天，带父母去登了个小山。山里清风朗日，坐在阳光里休息，已经没有冬天那种沁骨寒冷，甚至还看见一只肥苍蝇大摇大摆出来晒。我们地里的土层也开始松动，似乎大梦初觉，就要翻身出洞呢。

三月，要去山里看桃花；地里得多上点儿肥了。记得要去村里养猪的张哥家买一车猪粪；枣树、李子树、杏树要剪枝；书的稿子要交了，如果出版，会有很多想不到的事吧；路路要买新的相机，在创作上继续深入。

四月，要去野炊。杏子熟，今年还要好好熬杏酱；大多数的苗，也该育了，翻地浇水，一些青菜可以直接种；如果书印出来，还要卖书。

五月，大多数的菜都种下去，浇水锄草板上钉钉；新的书也要抓紧开始画起来……好像主要想做的事情还是那几样，放松画画，放松拍照，粗心种菜，随便旅行……

该做的事情，早已经等在那里了。没什么说的，一件件去完成。

村里的四季

有朋友对我们住在乡下的日常很好奇。不知道都怎么安排。我说，基本上，就是随着时令走。虽说菜园种得很潦草，不过从头到尾经历过实际耕种，就有很多体会，值得总结一下。反正，菜是吃上了。从开春育苗，到夏天丰收，再到秋天储藏，地里的活儿是层出不穷，别说像我们这样种有机菜，就是打农药，人也不够折腾。这一年，也是我们外出骤减的一年，而实际上，菜园的丰富，已经能让人乐在其中。

春

正月，贴窗花。

二月，东院阳光好的时候，和朋友们一起喝喝茶。

三月，大地开化。在清明前要做好春播准备：育苗、备肥、翻地。

适合春天种的和一些生长期较长的蔬菜，要趁早开始育苗，我们是在有暖气的室内育苗，等室外气温回升到零度以上，就在院子里挖一个坑，上面盖上塑料布，形成一个类温室场所，叫"苗床"。然后把大多数的苗移到苗床里，让它们再赖几天床。

接着，要解决肥料问题。为了保险，还是决定用动物肥，村子里打听一番，最后在一家养牛的农户那里搞到了牛粪。这家的一对老夫妇，养了好几十头牛羊，还种了几亩田，老太太红光满面，特别能干。

到翻地的时候，翻出很多蛴螬。这是我们开种后遇到的第一种害虫，我爸说这厮会吃掉撒在地里的种子，咬菜根，危害很大。我们当然不能心慈手软，统统送给房东家的鸡。那些鸡欢快地跑过来，就像见到了奶油蛋糕。

三月底四月初，平地、移苗，春播开始了。

桃花盛开，大多数苗也都育好，这时就要抓紧翻地平地。南院两亩比较平整，可以动用机器，请了村里专门开拖拉机的师傅来帮忙翻。机器真是又快又好，这也是我们唯一一次动用机械。东院就没那么爽了，还是完全靠人力一锹一锹地翻，为了翻地，路路爸也专程从沈阳过来，帮了几天忙。

将大量的小苗从床上撺下，带它们去该去的地方，因为工作量太大，还特意做了一个移苗工具，有人说像洛阳铲。

四月底，气温逐渐升高，我们请人在东院砌了火炕，准备住过来，能更好地照看菜园。翻地移苗，开始忙得不可开交，我妈也从老家过来帮忙，主要负责给大家做饭。

我爸种地很讲究美观，横平竖直，都是拉线丈量的。为方便出入，还专门在南院硬化了一条小路。让"客户"有空时也能来帮忙。

五月中旬，很多绿叶菜产出，为了方便大家取菜，我们网购了一些竹筐。种失败的菜也有很多，基本上都是在成苗的阶段就被害虫绞死了。应对不同虫害动用了很多相应的措施，不过很多时候都追不上破坏的速度。

夏

进入夏季，除了治虫，锄草也是一项耗费大量劳动的工作。我爸这儿的老传统就是见草就锄，锄头不离手；而路路认为草也是有用的，不用锄或者少锄。为这个，老爸老妈没少批评我们，说就是懒，草这东西，绝对有百害无一利，"种地不除草，等于瞎胡闹"。有时候我们脸上挂不住，就锄一下。朋友们来玩儿，其中一项活动，就是帮忙锄草。

六月中旬，菜园最丰盛和热闹的时期，各种果蔬都成熟了，"客户"们每周都可以取走一大筐菜，这个时候，黄瓜之类的，就会有富余，要开始晾干储存。

七月，西瓜熟，多数绿叶菜退田，空地补种其他蔬菜。

八月底，芝麻、花生、辣椒这些生长期长的作物也都成熟了。

整个六七八月，就是田里的高潮。我爸有时候都要忙到天黑，这时候各种菜和草疯长，我们在东院挖了堆肥坑，把一些菜叶子和杂草堆到里面，经过三个月，它们就消融在土地里，

变成肥料了。这也是村里最热闹的时节，一天到晚，各种虫子鸣叫不已，苍蝇蚊子也最多，打苍蝇也成了劳神耗力的事。

秋

九月，枣子熟，地里开始补种白菜萝卜之类的秋菜。

南院种下去白菜萝卜，总算能缓一口气。

我爸不死心地又种了一茬儿豆角黄瓜，南院种不下，又倒腾到我们东院几棵，居然还结了一些，不过很快气温就降到了它们不能忍受的地步。

十月，黑枣和柿子陆续成熟。黑枣晾在窗台上，一夜间被鸟吃光了。我们猜了半天，也不知是什么鸟吃的。后来一天早上，我去东院看到了，是一群灰色的、麻雀大小、不知道叫什么的鸟。对我们毫不客气，一颗都没留。

很多要留籽的作物，也都打好籽，分类保存，准备明年继续用，南院产出很多萝卜，利用最后阳光充足的日子，晒萝卜干儿。

十月底，霜降。再也听不见什么虫子叫。不过苍蝇又出现

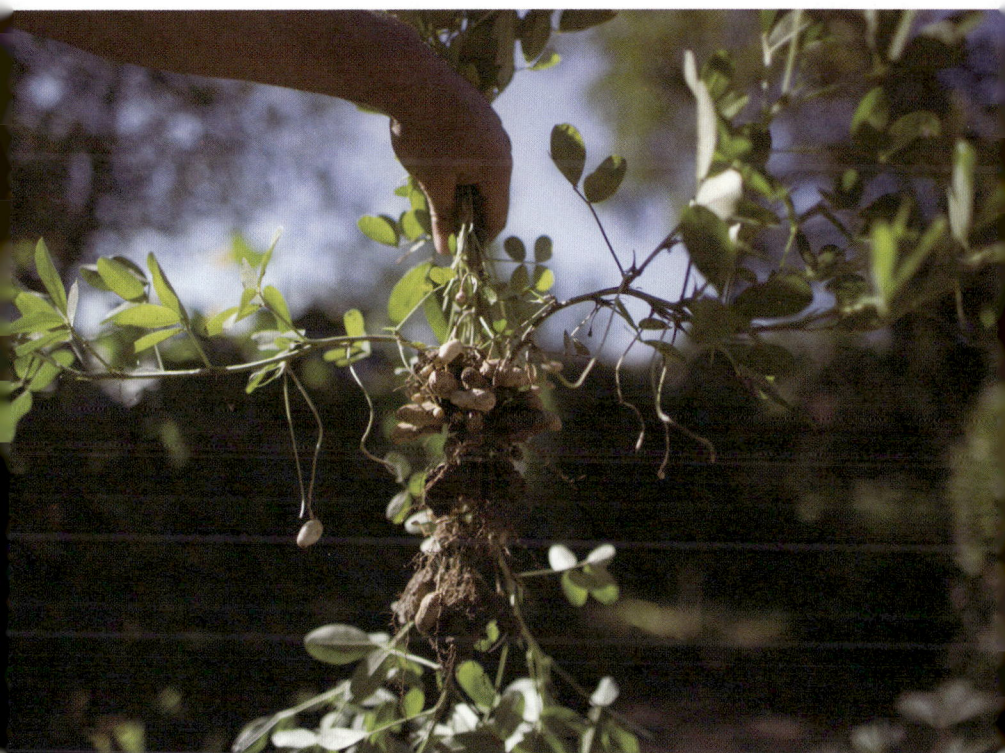

一个高潮，大批大批地往屋里钻，很多时候就在大门口等着，前脚一开门，它们就已经扑向厨房。我一天消灭百八十都不是问题。

十一月，北京降了初雪，比往年好像早一些。白茫茫一片盖住了白菜地。没几天，雪融化，我们也抓紧把地里的白菜收了。西院添置了壁炉，还买了不少木柴。

院子里一棵枣树得了枣疯病，邻居提醒我要赶紧处理了，不然会传染到别的枣树。树叶落光后，我把它伐了。

冬

十二月，气温降到零下，院子又沉寂下来，开始度过漫长的冬季。开春贴的羊年窗花，有点儿褪色，很快，也要换成猴子了。

地里一年的劳作结束。

这一年的实践，我比较有感触的是：比付出劳动更难的，是付出时间。

图书在版编目(CIP)数据

乡间的日常 / 黄鹭，白关著．—— 北京 ：新星出版社，2018.2
ISBN 978-7-5133-2924-8

Ⅰ．①乡… Ⅱ．①黄… ②白… Ⅲ．①随笔－作品集－中国－当代 Ⅳ．① I267.1

中国版本图书馆 CIP 数据核字 (2017) 第 301966 号

乡间的日常
黄鹭 白关 著

责任编辑 汪 欣
特邀编辑 侯晓琼 张琮卉
装帧设计 李照祥
内文制作 杨兴艳
责任印制 廖 龙

出 版 新星出版社 www.newstarpress.com
出 版 人 马汝军
社 址 北京市西城区车公庄大街丙 3 号楼 邮编 100044
电话 (010)88310888 传真 (010)65270449
发 行 新经典发行有限公司
电话 (010)68423599

印 刷 天津市银博印刷集团有限公司
开 本 710毫米×1000毫米 1/16
印 张 13.5
字 数 110千字
版 次 2018年2月第1版
印 次 2018年2月第1次印刷
书 号 ISBN 978-7-5133-2924-8
定 价 45.00元